www.mayabook.co.kr

www.mayabook.co.kr

www.mayabook.co.kr

절대자의 게임

절대자의 게임 ⑬

지은이 | 설화객잔-화운(話云)
펴낸이 | 권순남
펴낸곳 | (주)마야 · 마루출판사

등록 | 2008. 1. 7(제310-2008-00001호)

초판 인쇄 | 2016. 7. 8
초판 발행 | 2016. 7. 12

주소 | 서울시 노원구 상계 1동 1049-25 신영산업 BD 602호
대표전화 | 02-2091-0291
팩스 | 02-2091-0290
이메일 | marubooks@hanmail.net

ISBN | 978-89-280-6389-5(세트) / 978-89-280-7149-4
정가 | 8,000원

잘못된 책은 교환하여 드립니다.
저자와 협의하여 인지를 붙이지 않습니다.

「이 도서의 국립중앙도서관 출판시도서목록(CIP)은 서지정보유통지원시스템 홈페이지(http://seoji.nl.go.kr)와 국가자료공동목록시스템(http://www.nl.go.kr/kolisnet)에서 이용하실 수 있습니다.」
(CIP제어번호:CIP2016016349)

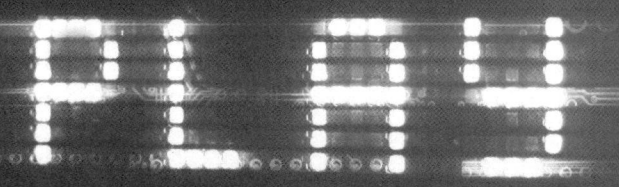

절대자의 게임

MAYA & MARU FUSION FANTASY STORY
설화객잔-화운(話云) 퓨전 판타지 장편소설

13

마루&마야

▲목차▲

제1장. 흔적을 찾아서 …007

제2장. 그녀의 부모님 …035

제3장. 트리움의 목걸이 …065

제4장. 빠른 자들 …095

제5장. 파워 슈트 …127

제6장. 그릇 …159

제7장. 당장은 어려워 …189

제8장. 토르투 영지 …221

제9장. 트리움의 기운 …253

제10장. 피의 제사 …285

절대자의 게임

제1장

흔적을 찾아서

"흠흠."

갑작스레 시선이 집중되자 카소돈이 근엄한 표정을 지으며 말했다.

"혹시 크마시온 군은 제 작품 중 하나를 소유했던 적이 있습니까?"

"예… 예에?"

"그러니까 제가 제작했던 야화! 혹은 야설을 가지고 있었던 적이 있느냐를 물은 겁니다."

"히, 히끅!"

크마시온이 대답 대신 화들짝 놀라며 딸꾹질을 했다. 느닷없는 질문에 그만 당황하고 만 것이다.

그러고 보니…….

'맞다!'

이민준은 고개를 끄덕였다. 카소돈의 말을 듣고 보니 예전 일이 떠올랐기 때문이다.

가르시아의 퀘스트를 해결하기 위해 던전을 찾았을 때였을 거다. 그곳에서 크마시온과 결투를 벌였고, 녀석의 사냥에 성공해서 얻어 낸 아이템이 바로 카소돈의 책이었다.

'이 자식!'

이민준은 재밌다는 표정을 지으며 말했다.

"그래. 크마시온, 너 '여왕은 돌쇠를 좋아해'와 '방앗간 집 딸내미가 더 야하다'를 마치 보물처럼 꼭꼭 싸매서 가지고 있었잖아!"

"네에? 정말이에요? 크마시온이?"

"제목이 어쩜! 꺄아! 크마시온! 너어?"

"우와! 너 그렇게 생겼다고 생각했는데 정말 그랬구나!"

((흐어어! 변태!))

일행들의 비난이 일시에 크마시온을 향해 쏟아졌다.

"히끅! 그, 그게 아니라! 히끅! 저, 저는 연구를 위해서…….'

"연구? 연구는 무슨! 누가 야화를 가지고 연구를 하냐! 크크크! 그런데 제목이 돌쇠가 뭐? 방앗간 딸내미가 어째? 크흐! 이 녀석, 너 진짜 남자구나!"

은근슬쩍 다가온 아서베닝이 크마시온의 어깨를 토닥여

주었다. 물론 위로를 하려고 한 행동이었겠지만 그다지 위로가 되어 보이진 않았다.

"아흐아윽!"

덕분에 코너에 몰린 크마시온이 정체불명의 소리를 냈다.

창피한 것이다.

왜 아니겠는가?

방 안에 있는 모든 여성의 눈빛에 무서운 기운이 담겨 있었으니 말이다.

가까이 오지 마! 변태야!

어쩐지 저 눈동자! 뭔가 음흉한 구석이 있었어.

설마 저 녀석이 나를?

누구도 이런 말을 입 밖으로 꺼내진 않았지만, 현재 크마시온의 머릿속에선 이런 목소리들이 마구 울리는 중이었다.

피부가 있었다면 지금쯤 얼굴이 홍당무가 되었을 것이다.

그때였다.

"흠흠! 그러니까 제가 묻고 싶은 건……."

주변이 어수선해지자 카소돈이 나서서 주의를 환기했다.

짝-

그러자 카소돈을 돕겠다는 의지로 루나가 손뼉을 치며 말했다.

"맞아요. 지금은 한니발 오빠의 퀘스트를 이야기해야 할 때죠? 후우! 어수선하게 만들어서 죄송해요. 말씀하세요."

"후후! 그래. 고맙다, 루나야."

루나에게 인자한 미소를 날려 준 카소돈이 말을 이었다.

"크마시온 군은 영생을 얻기 위해 각종 사악한 술법을 사용했습니다. 안 그런가요, 크마시온 군?"

"아, 그게……."

크마시온의 눈동자가 심하게 흔들렸다.

야한 소설과 그림을 즐기며, 영생을 얻기 위해 사악한 술법도 마다치 않는 마법사!

'크흑! 내 이미지가 망가져 가고 있어!'

그래.

당연한 이야기지만 크마시온은 한때 던전을 운영하며 모험가들을 죽음으로 몰고 갔던 사악한 마법사였다.

'그랬던 적이 있었지.'

크마시온은 크게 머리를 흔들었다.

하지만 그건 모두 옛날이야기들이다.

지금은 한나발의 소환수가 되어 새로이 태어났다는 자부심으로 살아가고 있으니 말이다.

물론 그렇다고 해서 예전의 잘못이 사라지는 건 아니다.

그 때문에 많이 아파했고, 힘들어하며 주신의 상처 안에서 회개했었다.

그렇게 달라진 거다.

달라지고 달라져 지금은 누군가에게 자상한 마법사였고,

누군가에겐 고마운 마법사이기도 한 거다.

그런데!

'크흑! 카소돈!'

느닷없이 튀어나온 퀘스트 때문에 자신의 부끄러운 과거들이 일행들 앞에서 낱낱이 밝혀지고 말았다.

어찌 가슴이 아프지 않겠는가?

'어헝! 이건 꿈일 거야!'

자신을 좋게 봐주던 루나도, 생명을 구해 준 덕분에 호감을 사게 된 앨리스도, 그리고 요즘 가까워지고 있는 힐러 에리네스마저!

저들의 눈에서는 더 이상 따스한 기운을 찾을 수가 없었다. 크마시온을 바라보는 눈빛이 싸늘하게 식었다는 말이다.

'아… 망했다.'

크마시온의 솔직한 심정이었다.

끼걱-

크마시온이 넋을 잃고는 턱을 벌리고 말았다.

그러자,

턱-

"인마, 카소돈 님이 질문하셨잖아."

이민준은 크마시온의 어깨를 툭 치며 가출하려는 녀석의 정신을 붙들어 주었다.

그제야 정신을 차린 크마시온이 기운 빠진 목소리로 말했다.

"아! 아, 예. 한때는 그랬던 적이 있었습니다. 하, 한때는요."
"그렇죠?"
"예에."
"흐음."

카소돈이 잠시 뜸을 들였다.

왜 그러지?

이민준은 의아한 눈으로 카소돈을 바라보았다. 그러자 카소돈이 고개를 흔들며 말했다.

"뭐, 어쩌면 그런 것들이 연관이 있는 건지도 모릅니다."

그냥 연관이 있는 건지도 모른다고?

그건 너무 불분명한 대답이다.

고개를 흔든 이민준은 카소돈을 쳐다보며 물었다.

"마기와 야설에 관한 이야기가 주신의 숨겨진 성지와 연관이 될 수 있다는 말씀인가요?"

"정확한 건 '드아빌' 지역을 조사해 봐야 알 수 있습니다. 하지만 킹섀나의 경우처럼 주신의 퀘스트에 크마시온 군이 언급되어 있다면 여러 가지 가능성을 확인해 봐야지요."

카소돈의 말은 거기까지였다.

모두가 의아한 표정을 지었다. 처음 이야기를 꺼냈을 땐 이런 분위기가 아니었으니 말이다.

이민준은 고개를 갸웃하며 말했다.

"그것뿐인가요?"

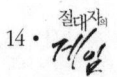

그러자 잠시 멈칫한 카소돈이 금세 표정을 지우며 말했다.

"안타깝지만, 지금 떠오른 건 그렇습니다."

"흐음."

이민준은 실망감을 느꼈다.

혹시라도 카소돈이 퀘스트와 연관된 이야기를 알고 있지 않을까 기대를 했으니 말이다.

'아니면 뭔가를 숨기고 싶어 하는 걸지도 모르고.'

이민준은 분명 카소돈이 무언가를 숨기려는 자세를 보이고 있다는 걸 눈치챌 수 있었다.

물론 그런 점을 짚고 넘어갈 수도 있었다.

하지만 카소돈이 감추려는 걸 애써 윽박지를 필요가 있을까?

그렇게 생각할 때였다.

그런 생각을 했던 게 이민준만은 아니었던지 크마시온이 턱을 달그락거리며 물었다.

"저, 저기, 카소돈 님."

"말하세요, 크마시온 군."

"정말 끝인가요?"

"뭐가 말인가요?"

"그러니까 제가 그 뭐냐, 카소돈 님의 책을 가지고 있었고, 안 좋은 전적을 가지고 있었던 게 분명 어떤 이유가 있었던 게 아닌가 하고 여쭙는 겁니다?"

크마시온은 뭔가를 갈망하는 듯한 눈빛을 보냈다.
제발 이유가 있다고 해 주세요.
제가 변태라서 이런 일을 벌인 게 아니라, 주신과 연관이 있어서 일어난 일이라고 말해 주세요!
크마시온의 솔직한 심정이었다.
하지만,
"예. 끝입니다."
카소돈의 대답은 칼 같았다.
그러자,
"어머! 뭐야! 크마시온은 그냥 변태였다는 소리네."
"세상에. 뼈다귀가 왜 그런 책을 가지고 있었던 거야?"
"후우! 그래도 괜찮은 뼈다귀인 줄 알았는데."
루나와 앨리스, 그리고 에리네스가 한마디씩을 던졌다.
'흐어! 현기증이 나려고 해.'
덕분에 없는 심장마저 바닥으로 떨어진 크마시온이 주춤거렸다.
녀석의 입장에선 최악의 상황이었다.
크마시온의 눈에서 닭똥 같은 눈물이 막 떨어지려 할 때였다. 이민준은 자신의 느낌을 솔직하게 말하기로 마음먹었다.
"카소돈 님, 분명 아까 뭔가를 말씀하시려다가 마셨습니다. 말씀하던 부분에 숨겨진 이야기가 있는 거지요?"
"후우! 역시 한니발 님을 속일 수는 없군요."

"말씀하시기 어려운 건가요?"

"아니요. 아닙니다. 물론 제가 그런 질문을 한 건 의심이 가는 부분이 있기 때문이기도 했습니다."

모두의 시선이 다시금 카소돈에게 모였다. 그러자 그가 말을 이었다.

"크마시온 군은 분명 영생을 얻기 위해 마신인 트리움의 기운을 사용했을 겁니다. 맞지요?"

"그, 그렇습니다."

"트리움은 욕망과 음욕, 그리고 탐욕의 마신이기도 합니다."

이민준은 고개를 끄덕였다.

그건 예전 크마시온의 머릿속을 들어갔다 나온 이후로 알게 된 사실이었으니까.

그런데 그게 카소돈이 제작한 야화, 야설과 무슨 관계가 있다는 소린가?

그런 이민준의 표정을 읽었는지 카소돈이 말했다.

"한니발 님도 잘 아시겠지만, 제 책에는 마기가 들어가 있습니다."

"알고 있습니다."

"어쩌면 크마시온 군과 이번 퀘스트가 연관이 된 건 제가 책에 마기를 넣었던 이유 중 하나와 관련이 있을지도 모릅니다."

"네에?"

이민준은 고개를 갸웃하며 물었다.

"영생을 위해 사악한 기운을 사용했던 크마시온과 카소돈 님의 야화가 관련이 있다는 말씀이세요?"

"그렇습니다. 전에도 말씀드렸지만, 할루스 님은 오로지 선으로만 이루어진 존재가 아닙니다. 선과 악의 균형이신 분이지요."

"그렇다는 건 알고 있습니다."

이민준이 한때 마기에 휩싸였던 섀도우 나이트와 크마시온을 흡수할 수 있었던 이유니까.

카소돈이 계속해서 말했다.

"확실하다고 말하긴 어렵지만, 사실 크마시온 군이 제 책을 두 권이나 소유했던 게 그 때문일 가능성이 매우 높습니다."

잠시 뜸을 들인 카소돈이 이어서 말했다.

"마기를 뿜는 저의 야화가 크마시온에게 영향을 끼친 거지요."

카소돈의 말에 일행들이 놀란 표정을 지었다.

달그락- 달그락-

물론 크마시온은 턱을 떨며 마음을 졸이고 있었다.

잘만 하면 자신이 변태가 아니라는 걸 증명할 수 있을 테니 말이다.

하지만 이민준의 생각은 조금 달랐다.

그래서 물었다.

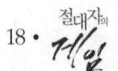

"그렇다면 아까는 왜 상관이 없다고 말씀하신 거죠?"

"저 또한 확신이 없었기 때문입니다. 그리고 확신이 없는 상황에서 괜스레 불안감만 조성하고 싶지도 않았고요."

"불안감이라니요?"

카소돈은 말을 할까 말까 고민을 했다.

하지만 이내 모두를 돌아본 그는 결심했다는 듯 조심스럽게 말을 꺼냈다.

"만약 크마시온과 제 책이 연관이 있고, 그게 주신의 뜻이라면 어쩌면 이번 퀘스트는 크마시온이 죽어야 성지가 활성화되는 건지도 모릅니다."

카소돈이 말을 마친 순간이었다.

넓은 방에 정적이 찾아왔다. 누구도 쉽게 말을 꺼낼 수 없었기 때문이다.

잠시의 시간이 지난 다음이었다.

가장 충격을 받은 건 당연히 크마시온이었고, 그다음은 바로 이민준이었다.

크마시온이 죽어야 하는 퀘스트라니!

세상에 그런 퀘스트가 어디 있단 말인가?

정말 주신이 그런 걸 원해서 이런 상황이 만들어진 걸까?

여러 가지 생각에 머리가 복잡했다.

이민준은 카소돈을 바라보며 물었다.

"확실하게 설명해 주실 수 있겠습니까?"

그러자 카소돈이 무거운 얼굴로 입을 열었다.

"제가 7전집에 마기를 주입한 이유 중 하나는, 바로 마기를 가진 존재에게 주신의 기운을 장기간 노출시키기 위해서였습니다. 물론 특정한 주체를 대상으로 한 건 아닙니다."

잠시 크마시온을 쳐다본 카소돈이 계속해서 말을 이었다.

"사실 이번 퀘스트에 대해 듣기 전까지는 생각지도 못했던 일입니다. 제가 야화를 제작할 때만 해도 숨겨진 성지에 대해서 알지 못했으니까요."

"하지만 조금 전엔 분명 야화, 야설을 제작한 목적 중 하나가 마기를 가진 존재에게 주신의 기운을 노출하기 위해서라고 하지 않았습니까?"

"맞습니다. 그리고 그렇게 노출된 존재가 주신을 위해 사용될 거라는 것도 알고 있었습니다."

"아!"

이민준은 순간 망치로 머리를 맞은 기분이었다.

마기에 휩싸였었던 존재 크마시온.

그리고 그는 야화, 야설을 통해 주신의 기운에 노출되기도 했었다.

그런데 그게 카소돈이 의도했었던 거라고?

물론 카소돈 또한 불특정 다수를 대상으로 마치 낚시를 하듯 세상에 자신의 7전집을 던진 거다.

그리고 그렇게 걸려든 존재가 바로 크마시온이고 말이다.

그렇다면 정말 크마시온이 죽어야 하는 걸까?

잠시 이민준의 표정을 살핀 카소돈이 조심스럽게 말을 꺼냈다.

"한니발 님, 이건 어디까지나 저의 추측일 뿐입니다. 아직 확실한 건 아니란 뜻이지요."

그래. 카소돈이 말한 것처럼 이건 만약이란 가정일 수도 있었다.

그런데 또 그렇게 생각하기에는 모든 상황이 너무나 딱딱 맞아떨어져 가고 있었다.

그렇지 않고서야 이번 퀘스트의 중요 사항에 크마시온이 들어갈 리가 없겠지.

황당한 퀘스트였다.

크마시온이 아니라면 퀘스트를 해결할 방법을 아직은 알 수 없는 거고, 만약 크마시온이라면 녀석을 죽여야 한다는 이야기다.

이렇게는 안 되지.

이민준은 카소돈을 바라보았다.

이 문제에 대한 선은 분명하게 그어야 하는 거니까.

"카소돈 님, 정말 명확한 해답은 없는 겁니까?"

이민준의 물음에 카소돈이 고개를 흔들었다.

확실한 대답을 줄 수 없다는 뜻이리라.

갑갑한 일이었다.

"후우."

이민준의 표정에서 복잡한 심경을 읽은 카소돈이 깊은숨을 내뱉으며 말했다.

"그래서 그랬습니다. 확신이 서기 전까지 이 이야기를 하지 않으려고 한 것 말입니다."

"그렇군요."

이민준은 그제야 카소돈의 행동이 이해가 갔다.

결국 모르는 게 약이란 소린가?

그가 말한 것처럼 일행들 사이에서 괜스러운 불안감이 생겨나고 말았다.

달그락- 달그락-

특히나 이번 퀘스트의 중심이 된 크마시온은 불안한 눈빛조차 감추지 못하고 있었다.

자신의 목숨이 걸린 일이다.

더군다나 크마시온은 영생을 위해 인간의 몸을 포기할 정도로 삶에 대한 애착이 깊은 녀석이 아니던가?

그런 녀석에게 사형선고가 될지도 모를 말이 나온 거다.

이건 마치 의사가 암을 의심하며, 최종 결론은 검사를 해봐야 알 것 같다고 말한 것과 같은 거니까.

그것도 확률이 낮기나 할까?

이 정도면 크마시온이 죽어야 할 확률이 못해도 60~70퍼

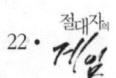

센트는 넘어 보인다.

그리고 그건 끔찍이도 높은 확률이었다.

이민준은 크마시온을 쳐다봤다.

녀석은 이민준의 소환수다. 누구보다도 녀석의 마음을 잘 느낄 수 있다는 뜻이었다.

절망감과 불안감.

죽음에 대한 공포.

삶에 대한 애착.

현재 크마시온이 느끼고 있는 감정들이었다.

이민준은 안쓰러운 눈으로 크마시온을 바라볼 수밖에 없었다.

"흠흠."

착 가라앉은 분위기가 부담스러웠던지 카소돈이 고개를 끄덕이며 말했다.

"아직 결론이 난 건 아무것도 없습니다. 동부로 가서 차차 조사해 봐야 알 수 있는 거니까요."

"희망은 있는 거죠?"

카소돈의 말에 루나가 애처로운 얼굴로 물었다.

조금 전까지만 해도 크마시온을 변태라고 놀렸었지만, 루나는 마음속 깊이 뼈다귀 마법사를 아끼고 있었다.

그러니 어찌 마음이 아프지 않을 수 있을까?

루나는 조금만 건드려도 와락 하고 울음을 터트릴 것만 같은 얼굴을 하고 있었다.

그러자 카소돈이 따스한 손으로 루나의 등을 토닥여 주며 말했다.

"당연하지. 당연히 희망이 있지. 어쩌면 내가 알고 있는 게 잘못된 건지도 모르지 않느냐?"

진정으로 따스한 목소리였다. 분위기를 바꾸고자 노력하는 태도이기도 했고 말이다.

그런 점을 눈치챘는지 아서베닝이 앞으로 나서며 말했다.

"그래, 맞아. 퀘스트의 앞부분만 보고 어떻게 전체를 판단하겠어? 걱정하지 마, 크마시온. 넌 별일 없을 거야."

((흐어어! 크마시온! 내가 가진 모든 지식과 힘을 동원해서 널 보호할 거다. 그러니 기운 내라.))

평소에 나서지 않던 킹 섀도우 나이트마저 크마시온을 위로하는 상황이었다.

"제가 도울 수 있는 일이 있다면 최선을 다해서 돕겠어요."

"나도 그래. 내가 보통 힐러야?"

앨리스와 에리네스마저 따스한 말로 크마시온을 위로했다.

"크, 크흑! 정말, 진심으로 감사합니다. 흐흐흑!"

득달같이 일어났던 비난이 관심과 위로로 바뀌자 감동한 크마시온이 끝내 눈물을 흘리고 말았다.

모두의 노력 덕분에 어수선했던 분위기는 금세 차분하게 가라앉았다.

비록 크마시온과 퀘스트에 대한 확신은 얻을 수 없었지만 그건 어쩔 수 없는 일이었다.

그리고 그 모든 결론을 알기 위해서라도 한시 빨리 동부로 향하는 수밖에 없는 거다.

그곳에 주신의 두 번째 성지가 숨어 있으니 말이다.

이민준은 고개를 끄덕였다.

멸망을 막기 위해 주신의 숨겨진 성지를 활성화하는 건 매우 중요한 일이었다.

이 넓은 세상에서 살고 있는 수많은 목숨이 걸린 일이니 말이다.

그러다 문득 다른 생각이 들기도 했다.

'많은 이들의 삶을 위해서 크마시온의 목숨 같은 건 그냥 버려야 하는 게 옳은 일일까?'

그렇게 생각하니 마음속이 편하지 않았.

다수를 위한 소수의 희생? 소수를 위한 다수의 희생?

그 어디에도 정답은 없어 보였다.

저걱- 저걱-

답답한 숨을 내뱉은 이민준은 북부의 찬바람을 맞으며 숲길을 걸었다.

저 먼 곳에는 '아메 카이드만'에서 솟아오른 빛기둥이 보이고 있었다.

킹 섀도우 나이트를 각성시키며 성공한 퀘스트다.

두 번째 퀘스트도 그런 종류가 될 수 있다면 얼마나 좋을까?

그렇게 생각을 하고 있을 때였다.

"한니발 님."

수인족 마을로 내려가는 입구에서 기다리고 있던 카소돈이 미안한 표정을 지으며 다가왔다.

이민준은 물었다.

"표정이 왜 그러세요?"

"제가 괜한 말을 한 건 아닌가 하는 생각 때문입니다."

"괜한 말이라니요. 제가 말씀해 달라고 부탁한 거잖아요."

"후우! 아무리 그래도 마음이 편하지가 않습니다."

이민준은 잠시 카소돈의 얼굴을 살폈다. 그러고는 고개를 흔들며 말했다.

"이번 퀘스트에 대해서는 카소돈 님이 가장 많이 알고 계신 것 같군요. 그렇다면 우리가 동부에 가서 무얼 해야 할까요?"

"제 예상이 맞는다면 우리는 흔적을 찾아야 합니다."

"흔적이요?"

"북부에 대해선 잘 알지 못하지만, 동부에 대해선 어느 정도 알고 있습니다. 그 때문에 크마시온 군에 대한 부분도 예측했던 거고요."

"그렇군요. 그렇다면 어떤 흔적을 찾아야 하는 겁니까?"

잠시 말을 멈추고 할루스의 빛기둥을 바라본 카소돈이 이내 시선을 회수하며 말했다.

"트리움의 흔적을 찾아야 합니다."

"트리움이요?"

카소돈은 대답 대신 고개를 끄덕였다.

트리움이라…….

이민준은 불길한 느낌을 받았다.

트리움이라면 분명 크마시온이 영생을 얻기 위해 힘을 빌린 마신의 이름이었다.

'맞아!'

그리고 카소돈은 크마시온에게 '마신 트리움'에 대해서 묻기도 했었다.

그와 함께 자신의 책을 가졌는지도 물었고 말이다.

카소돈은 확실히 무언가를 알고 있는 게 분명했다.

이민준은 걱정스러운 얼굴로 물었다.

"동부에서 마신 트리움의 흔적을 찾는 이유가 있습니까?"

"트리움은 주로 동부 쪽에서 출몰했던 마계의 신입니다. 더군다나 이번 퀘스트 지역인 '드아빌'은 트리움의 영향을 가장 많이 받은 지역이기도 하고요."

"아!"

이민준은 그제야 카소돈이 크마시온을 의심한 이유를 알

왔다. 모든 부분이 놀랍도록 맞물려 돌아가는 기분이었다.

'이거 정말 안 좋은데?'

이대로라면 크마시온의 희생에 대한 확률이 거의 80~90퍼센트까지 올라가는 수준이었다.

'이런!'

이민준은 자신의 오른손을 쳐다봤다.

대체 왜?

어째서 이런 말도 안 되는 시련을 주려 하는 걸까?

아니!

그러다 문득 섬뜩한 기분이 들었다.

'처음부터 계획되었던 건 아니었을까?'

모든 일이 우연으로 일어난 듯 보이지만, 알고 보면 마치 하나로 연결된 것처럼 보이기도 했다.

카소돈이 7전집에 마기를 넣은 것과 가르시아의 삼촌이 크마시온의 던전에서 죽은 것, 그리고 트리움의 마기를 사용했던 크마시온.

그 모든 것이 드아빌 지역에 숨겨진 주신의 성전을 활성화하기 위해 존재하고 있었다고 생각하니 소름이 끼치는 거다.

'아니겠지!'

꽈득-

이민준은 오른손을 강하게 쥐었다.

제발 모든 것이 그저 추측일 뿐이라고 믿고 싶었다.

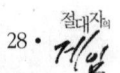

만약 그게 아니라면 처음 예상했던 대로 크마시온이 죽어야 하는 퀘스트가 되는 거다.

'어떻게 해서든 흔적을 찾아내리라.'

흔적을 찾아내서 카소돈의 생각이 틀렸음을, 모든 추측이 잘못된 것임을 밝혀내리라!

이민준은 그렇게 다짐했다.

"이렇게 떠나시는 겁니까?"

커다란 사자 머리를 가진 조이나스가 서운한 표정을 지으며 앞으로 나섰다.

웅성- 웅성-

그리고 그의 뒤로는 엄청나게 많은 수인족들이 몰려 있었다.

의도치 않게 많은 이들의 시선을 받게 된 이민준은 살짝 어색한 미소를 지으며 말했다.

"주신의 뜻을 행하기 위해서는 이만 떠나야 하니까요."

"후우! 그렇군요. 당연히 주신의 전사이시니 해야 할 일이 있으시겠지요. 하지만 영웅께서 하루도 머무르지 않고 떠나신다니 가슴이 아픕니다."

"맞습니다! 한니발 님! 당신을 위한 축제를 하려고 했습니다."

"주신의 전사를 위해! 주신의 사제를 위해!"

"생명의 은인이시여!"

뒤쪽에 늘어서 있는 장로들도 서운한 건 마찬가지였는지 너도나도 한마디씩을 던졌다.

어찌 저들의 마음을 알지 못할까?

마음 같아서는 수인족들과 어울리며 며칠간 쉬고 싶었다.

이민준은 고개를 돌려 일행들을 바라보았다.

특히나 턱을 달그락거리고 있는 크마시온!

주신의 숨겨진 성지도 성지지만, 가장 큰 문제는 크마시온이었다.

서둘러 움직여서 저 녀석에 대한 진실을 알아내야 하니까.

조이나스와 시선을 마주한 이민준은 부드럽게 미소 지으며 말했다.

"주신께서 내주신 모든 숙제를 끝내고 나면 일행들과 이곳에 다시 들르겠습니다."

조이나스가 어린아이처럼 신이 난 얼굴로 물었다.

"정말입니까? 진심으로 하시는 이야기입니까?"

"물론입니다. 약속드립니다."

이민준의 말에,

"오오! 제발! 그렇게 해 주십시오!"

"기다리겠습니다."

"꼭입니다! 꼭!"

장로들이 들뜬 표정으로 소리쳤다.

'후후.'

이민준은 기분 좋게 웃었다.

따스한 정을 가진 수인족들이다. 이들과의 약속은 어떻게든 지키고 싶었다.

"그럼, 모두 몸 건강히 다녀오세요."

"조심해서 다녀오세요. 보고 싶을 겁니다."

"살려 주셔서 진심으로 감사합니다."

이민준을 필두로 나머지 일행들이 모두 수인족들과 작별 인사를 끝낸 후였다.

샤그락-

"베닝아, 자."

이민준은 이동 마법 주문서를 아서베닝에게 건넸다.

이 많은 인원이 마법을 이용해 동부로 이동하려면 1인당 이동 마법 주문서가 한 장씩 필요했다.

하지만 지금은 그럴 필요가 없었다. 마법 생명체인 드래곤이 함께 있으니 말이다.

마치 회수권 한 장으로 여러 명이 버스를 타듯, 이동 마법 주문서 한 장과 드래곤의 마법만 있다면 아무 문제 없이 단체 이동이 가능한 거다.

"갑니다!"

아서베닝이 소리를 지른 후였다.

후으윽-

순간 주변이 어두워지는가 싶더니 이내 주변 환경이 변했다.

촤아아- 촤아아-

끼룩- 끼룩-

순간 이동을 하여 도착한 곳은 커다란 파도가 끊임없이 밀려오고 있는 동부의 바다였다.

"우와! 세상에!"

바다를 바라본 루나가 눈을 동그랗게 뜨며 감탄사를 내질렀다.

"어머나! 바다가 이렇게 아름다울 줄이야!"

"완전 보석 빛깔이네!"

동부의 바다를 보고 감동한 건 앨리스와 에리네스도 마찬가지였다.

'이건 진짜 아름답네.'

이민준 또한 깊은 감명을 받았다.

가르디움 대륙의 동해는 아리스 할이라는 이름으로 불리고 있었다.

아리스 할.

주신의 정원이라는 뜻이었다.

실제로도 아리스 할은 한때 천계에 존재했던 주신의 정원이기도 했다.

그럴 만큼 아름다운 바다니까.

제대로 된 명칭이었다.

모두가 대단한 풍경에 취한 사이, 이민준은 시선을 돌려 멀지 않은 곳을 바라보았다.

거대한 성벽을 자랑하는 성이 자리 잡은 곳이었다.

"바리아슨 성이군요."

카소돈이 다가오며 말했다.

"네, 맞습니다."

이민준은 고개를 끄덕여 주었다.

두 번째 퀘스트 지역인 드아빌은 동부의 대도시 바리아슨으로부터 대략 3일 정도의 거리에 위치해 있었다.

이민준은 일행들을 돌아보며 말했다.

"일단은 성으로 가서 여행에 필요한 물품들을 사죠."

"그래야 할 것 같습니다. 가야 할 길이 머니까요."

"맞아요. 저도 필요한 게 꽤 돼요."

"아쉽지만 감상은 여기까지! 해야 할 일이 있잖아요."

고개를 끄덕여 준 이민준은 일행들과 함께 바리아슨 성으로 향했다.

※ ※ ※

후으윽-

이민준은 게임에서 벗어났다.

바리아슨 성에 도착하고 나서 얼마 지나지 않아 제한 시간이 모두 지나 버렸기 때문이다.

탁탁-

서둘러 아파트로 돌아온 이민준은 아침 식사를 한 후 바로 회사에 출근했다.

크마시온에 대한 걱정이 마음 한구석을 차지하고 있었지만, 그렇다고 해서 현실의 시간을 무의미하게 보낼 수는 없었다.

더군다나 현실에서는 또 다른 문제에 집중해야 하니까.

사이트 문제로 티엘 인터내셔널과 신경전을 벌이는 건 둘째 치더라도, 아버지의 원수인 이종준이 대체 어디에 있는지를 찾지 못해 답답할 지경이었다.

업무가 시작된 후로 정신없이 서류에 파묻혀 있을 때였다.

드으으-

책상에 올려놓은 휴대 전화기가 몸을 떨었다.

이민준은 발신자를 확인했다.

'지혁수!'

마침 기다리고 있던 전화였다.

달칵-

이민준은 서둘러 전화기를 집어 들었다.

제2장

그녀의 부모님

"이민준입니다."

(이 대표님, 저 지혁수입니다.)

"말씀하세요, 지 사장님."

이종준의 흔적을 계속해서 찾던 중이었기에 이민준은 은근한 기대를 하고 있었다. 혹여 지혁수가 이종준의 위치를 찾았을까 하고 말이다.

하지만,

(편성지 씨에 관한 이야깁니다.)

지혁수가 꺼낸 말은 조금 다른 거였다.

"무슨 일이 있습니까?"

(편성지 씨 집안 사정이 많이 안 좋아진 건 잘 알고 계시죠?)

그건 얼마 전 지혁수에게 보고를 받아서 알고 있던 일이었다.

또한 그 때문에 앨리스의 돈을 그녀의 현실 부모에게 전달하는 일을 서두르고 있기도 하고 말이다.

"네. 그럼요."

(아마 그것 때문인 것 같습니다. 병원 쪽에 심어 놓은 사람에게서 연락이 왔는데, 편성지 씨의 부모님이 오늘 힘든 결정을 할지도 모른다는 말을 하더군요.)

'이런!'

이건 정말 좋지 않은 소식이었다.

"흐음."

이민준은 깊은숨을 내뱉었다.

편성지의 부모님 상황을 이해하지 못하는 건 아니니까.

그녀의 부모님이 뇌사 상태인 편성지의 생명을 유지하기 위해 들인 돈이 상당했다.

그리고 그 때문에 집안 경제 사정이 엉망인 것도 사실이고 말이다.

드륵-

이민준은 자리에서 일어나며 말했다.

"아무래도 더 이상 시간을 끌어선 안 될 것 같습니다. 오늘 편성지 씨 부모님을 만나 뵙고 지원 방안을 말씀드려야 할 것 같습니다."

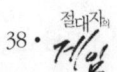

(저도 그게 좋을 것 같다고 생각하고 있었습니다.)

"좋습니다. 그럼 수원 병원에서 뵙기로 하죠."

(그렇게 하겠습니다.)

딱-

통화 종료 버튼을 누른 이민준은 성창식에게 나갔다 오겠다고 말을 한 후 바로 수원으로 향했다.

우우웅!

끼이익- 탁-

이민준은 차에서 내려 바로 병원 입구로 향했다.

병원으로 들어가는 현관이었다.

"이 대표님!"

먼저 와서 기다리고 있던 지혁수가 손을 들어 자신의 존재를 알렸다.

"지 사장님."

이민준은 손을 내밀어 지혁수와 악수하며 물었다.

"편성지 씨 부모님은 아직 안 오신 거죠?"

"네. 출발하신 지는 좀 되셨는데 도착은 저희가 먼저 한 겁니다."

"시간이 있는 건가요?"

"물론이죠. 편성지 씨 부모님을 몰래 따라오고 있는 직원의 말에 따르면 대략 30분 정도는 걸릴 거 같다고 하더군요."

"그럼 잠깐 병원에 들어갔다 와도 될까요?"

"편성지 씨를 보려고 하시는 거죠?"

"그렇습니다."

"입원실이 있는 층에 데스크가 있습니다. 그곳으로 가셔서 김초롱 간호사를 찾으세요. 그녀가 편성지 씨의 입원실에 들어갈 수 있게 해 줄 겁니다."

"고맙습니다."

지혁수에게 고개를 끄덕여 준 이민준은 병원으로 들어갔다.

띵-

엘리베이터에서 내린 이민준은 곧바로 간호사들이 있는 데스크로 향했다.

'김초롱 간호사라……'

아마도 지혁수가 말한 '병원에 심어 놓은 인물'이 바로 김초롱 간호사일 거다.

"무슨 일이시죠?"

데스크로 다가가자 안경을 쓴 간호사가 물었다.

이민준은 점잖은 표정으로 말했다.

"김초롱 간호사님을 찾고 있는데요."

"김초롱 간호사요? 잠시만요."

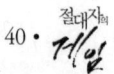

자리에서 일어난 간호사가 뒤쪽으로 가서 누군가를 불러왔다.

키가 작고 귀엽게 생긴 간호사였는데, 그녀의 명찰에는 '김초롱'이라는 이름이 쓰여 있었다.

"네?"

"안녕하세요? 이민준이라고 합니다. 지혁수 사장님에게 소개를 받고 왔습니다."

"아! 그러세요?"

금세 무슨 일인지를 눈치챘는지 김초롱이 다른 간호사에게 몇 마디를 나눈 후 바로 데스크에서 나왔다.

"따라오세요."

이민준은 김초롱을 따라 복도 끝 쪽에 있는 입원실로 향했다.

드륵-

김초롱이 문을 열어 주며 말했다.

"시간은 10분 정도밖에 못 드려요. 제가 같이 있을 거고요."

"알겠습니다."

고개를 끄덕여 준 이민준은 입원실 안으로 들어갔다.

편성지 혼자서 사용하는 1인실이었다.

이민준은 그녀가 누워 있는 침대 쪽으로 다가갔다.

띡- 띡- 띡-

치익- 추욱-

각종 의료 장비가 작동하는 소리가 들렸다.

뇌사 상태인 그녀의 생명을 유지하기 위해서는 각종 장비도 필요했지만, 항상 누워 있어야 하는 그녀를 위해 세심한 관리가 필요하기도 했다.

저벅-

이민준은 마치 잠든 편성지가 깨기라도 할까 조심스럽게 행동하며 다가갔다.

오랜 병실 생활로 수척해진 얼굴과 바싹 말라 버린 팔과 다리.

안쓰러운 마음이 먼저 들었다.

하기야.

몇 년간 이어진 병원 생활이다.

더군다나 뇌사로 누워 있으니 운동은 고사하고 영양분을 공급받기 위해서는 주삿바늘에 의지해야 하는 그녀다.

'앨리스.'

이민준은 누군가 자신의 심장을 손으로 움켜쥐는 듯한 기분이었다.

꾸욱-

조심스럽게 주먹을 쥐었다.

'제발 내가 당신을 구해 낼 때까지만이라도 버텨 줘요. 우리 현실에서, 현실에서 만나서 맛난 것도 먹으러 다니고, 멋진 곳도 구경 다녀요.'

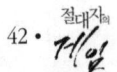

이민준의 솔직한 심정이었다.

고개를 들어 올려 눈을 깜빡였다. 자칫 눈물이 흐를 것만 같았기 때문이다.

자각-

이민준은 등을 돌려 문 쪽으로 향했다.

"끝나신 건가요?"

김초롱 간호사가 조용한 목소리로 물었다.

"네, 그렇습니다."

드륵-

그러자 그녀가 문을 열어 주었다.

저벅-

병실을 나서려던 이민준은 잠시 멈춰 섰다.

"무슨, 일이시죠?"

김초롱이 놀란 눈으로 이민준을 쳐다봤다. 이민준은 따스한 얼굴로 김초롱을 바라보며 말했다.

"필요하시다면 어떤 지원이라도 아끼지 않겠습니다. 간호사님께 개인적으로 후사도 하겠습니다. 그러니 부디 편성지 씨를 가족처럼 관리해 주세요."

"네. 걱정하지 마세요."

이민준의 마음이 전달되었는지 김초롱 간호사가 부드럽게 미소 지으며 대답했다.

병원 현관으로 나왔을 때였다.
"이 대표님!"
이민준을 발견한 장현식 변호사가 반가운 얼굴로 다가왔다.
"장 변호사님, 굳이 이렇게 내려오지 않으셔도 괜찮은데요."
"다른 사람도 아닌 이 대표님의 일이 아닙니까? 당연히 제가 와야지요. 그리고 이 일이 끝나고 드릴 말씀도 있고요."
"그렇군요. 어쨌든 진심으로 감사합니다."
이민준은 장현식과 악수했다.
편성지의 부모님께 돈을 지원하는 방안을 마련하면서 가장 큰 도움을 준 사람은 다름 아닌 장현식이었다.
그녀의 돈을 정당한 방식으로 그녀의 부모님께 전달해야 하니 말이다.
그래서 수원으로 오면서 장현식에게 전화해서 몇 가지를 물은 건데, 오늘 상황을 알게 된 장현식이 굳이 수원까지 내려와 돕겠다며 자처를 한 것이다.
정말 고마운 사람이었다.
이민준은 편성지의 부모님이 병원에 도착하기 전까지 장현식과 지혁수와 함께 몇 가지에 관해서 이야기를 나누었다.
그때였다.
띠리링-

지혁수의 휴대 전화기가 울었다. 발신자를 확인한 그가 서둘러 전화를 받았다.
"어! 그래. 다 왔다고? 알았어."
전화를 끊은 지혁수가 이민준을 보며 말했다.
"편성지 씨의 부모님이 도착했다고 하는군요."
이민준은 고개를 끄덕여 주었다.
편성지의 아버지인 편정수와 어머니인 차말순의 얼굴은 사진으로 봐서 알고 있었다.
그 덕분이었는지 이민준은 병원을 향해 걸어오고 있는 편정수와 차말순을 단숨에 찾아낼 수 있었다.
멀리에서 보이는 두 사람은 근심이 가득한 표정이었다.
딸아이의 생사를 결정해야 하는 거니까.
부모로서 참담한 순간이 아닐 수 없을 터였다.
저걱- 저걱-
이민준은 먼저 나서서 편성지의 부모님에게 인사했다.
"안녕하세요? SH 무역의 대표 이민준이라고 합니다."
복잡한 생각에 사로잡혀 걸어가던 두 사람이었다.
"누, 누구시라고요?"
처음 보는 사람이 느닷없이 인사를 하자 많이 놀랐던지, 편정수가 눈을 동그랗게 뜨며 쳐다봤다.
하지만 이민준은 더욱 당당하게 말했다.
말을 건 장본인이 어색해하면 안 되니까.

"네. SH 무역의 대표인 이민준입니다."

"그런데요?"

"다름이 아니라 따님과 관련해서 드릴 말씀이 있어 이렇게 찾아왔습니다."

"저희 딸이요?"

"그렇습니다. 편성지 씨의 그동안의 병원비와 앞으로 나올 병원비의 지원 방향에 대해 논의를 드릴까 하고 찾아온 겁니다."

"무, 무슨! 그게 무슨 말입니까?"

어찌나 놀랐던지 편정수의 얼굴이 벌겋게 변했고, 차말순은 그만 입을 떡 벌리고 말았다.

'대체 이 사람이 무슨 말을 하는 거야?'

편정수는 의심스러운 눈초리로 이민준을 훑었다.

하지만 이민준은 조금도 위축되지 않았다. 이런 분위기를 예상하고 있었으니 말이다.

"많이 놀라셨을 겁니다. 당연한 겁니다. 제가 이해하실 수 있도록 차근차근 설명해 드리겠습니다. 병원 안에 커피숍이 있더군요. 괜찮으시다면 그곳에서 설명해 드려도 될까요?"

편정수는 잠에서 막 깬 눈이었고, 차말순은 어찌할 바를 몰라 '이걸 어째!'라는 말만 계속하고 있을 뿐이었다.

편정수는 고개를 흔들었다.

저런 말을 어찌 무시할 수 있을까?

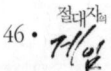

눈앞에 있는 사내가 분명 딸아이의 병원비에 대해서 언급을 하고 있었다.

만약 사기나 뭐 그런 게 아니라면 지푸라기라도 잡고 싶은 심정인 건 맞았다.

이야기를 들어 보는 건 특별히 문제가 되지 않으니까.

결심을 굳힌 편정수가 고개를 끄덕이며 말했다.

"알겠습니다. 일단 이야기나 들어 보죠."

"허어! 이것 참."

편정수는 마치 꿈을 꾸고 있는 듯한 표정이었다.

왜 아니겠는가?

이민준이라는 사내가 장현식이라는 변호사를 대동하고는 정말 꿈과 같은 이야기를 해 주었다.

편정수는 탁자 위에 놓인 자료들을 조심스럽게 살폈다.

달칵- 달칵-

그러고는 변호사가 내민 노트북을 가지고 SH 무역과 장현식 법무법인도 확인했다.

"사, 사실이군요."

SH 무역의 대표인 이민준이 한 말은 모두 진실이었다.

그렇다는 건…….

"정말, 정말 우리 딸아이의 병원비를 지원하겠다는 겁니까?"

"그렇습니다."

이민준은 고개를 끄덕이며 메모지에 비밀번호가 적힌 통장과 도장을 내밀었다.

편정수는 떨리는 손으로 통장을 집어 들었다. 그러고는 조심스럽게 안에 든 내용을 눈으로 훑었다.

"시, 십억?"

"네, 네?"

편정수가 놀라서 소리를 내자, 그의 부인인 차말순이 화들짝 놀라며 통장을 확인했다.

통장에는 무려 10억 원의 예금이 들어 있었다.

이민준은 두 사람의 놀란 가슴이 진정되기를 기다렸다가 말을 꺼냈다.

"아까도 말씀드렸다시피 이건 회사의 마케팅 일환이기도 하고, 사회 환원 사업의 일환이기도 합니다."

"제 딸아이를 지원하는 일이요?"

편정수가 눈물이 나올 것 같은 눈을 껌뻑이며 한 질문이었다.

이민준은 담담한 표정으로 말했다.

"그렇습니다. 따님의 안타까운 사연은 병원에 있는 지인을 통해 알게 되었습니다. 그래서 결심하게 된 겁니다. 기적을 만들고 싶었거든요."

"그러니까 기적이 일어나면 그 사연을 회사의 마케팅으

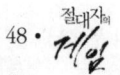

로 사용하는 거고, 그렇지 않는다고 해도 이 지원을 아무 대가 없이 하신다는 말씀인 거죠?"

"정확합니다."

편정수가 부들거리는 손으로 계약서를 집어 들었다.

장현식이 공을 들여 만든 계약서였다. 복잡하지도 않고, 쓸데없는 내용이 잔뜩 달리지도 않았다.

하지만 그럼에도 계약서의 내용은 명확하고 확실하게 만들어져 있었다.

"이게, 이게 정말 꿈은 아닌 겁니까?"

"그렇습니다."

드르륵-

이민준의 얼굴과 계약서를 번갈아 가면서 쳐다본 편정수가 느닷없이 자리에서 일어났다. 그러고는 이민준 앞에서 깊숙하게 허리를 숙였다.

"왜, 왜 이러십니까?"

화들짝 놀란 이민준은 자리에서 일어나 자세를 낮췄다. 편정수를 일으켜 세우기 위해서였다.

하지만 편정수는 허리를 펴려 하지 않았다.

그렇게 허리를 깊숙이 숙인 자세가 된 거다.

이민준도 어쩔 수 없이 그의 앞에 자세를 낮춘 형세가 되었다.

그러자 편정수가 흐느끼며 말했다.

그녀의 부모님 • 49

"저는, 저는 이런 돈 같은 건 필요 없습니다. 흐흑! 하지만, 하지만 돈 때문에 아무것도 하지 못하고 딸아이를 떠나보낼 수가 없었습니다. 크흑!"

마치 편정수를 끌어안은 듯한 자세가 된 이민준은 그의 등을 토닥여 주며 말했다.

"아무것도 하지 않으셨다니요. 지금껏 차말순 씨와 함께 편성지 씨를 위해서 어렵게 일하고, 또 일하지 않으셨습니까?"

"흐흐흑! 그러면 뭐하겠습니까? 이렇게, 크흑! 녀석의 죽음을 결정하러 병원에 오는 신세가 되었는데요. 흐흐흑!"

"이젠 걱정하지 마세요, 편정수 씨. 제가 돕겠습니다. 제가 도와서 편성지 씨가 회복될 수 있도록 노력할 겁니다."

"고맙습니다. 정말 고맙습니다. 크흐흑!"

"그러니 이만 일어나세요."

이민준은 조심스럽게 편정수를 일으켜 세웠다.

그러자,

와락-

편정수가 이민준을 강하게 끌어안았다.

거짓말을 조금 보태서 고맙다는 말을 수백 번도 더 들은 후였다.

"이거 정말 이 은혜를 어떻게 갚아야 할지 모르겠습니다."

편정수가 이민준의 손을 간절하게 부여잡으며 한 말이

었다.

이민준은 고개를 흔들며 대답했다.

"아닙니다. 그렇게 생각하지 마세요. 부담 같은 거 갖지 마시고, 평소처럼 따님을 아껴 주시면 됩니다."

하도 울어서 더 이상 눈물이 날 것 같지 않았던 편정수와 차말순이었지만, 두 사람은 또다시 눈물을 흘리고 말았다.

이민준은 그런 두 사람을 다독이며 말했다.

"병원 일은 저와 여기 장 변호사님이 처리할 겁니다. 그러니 걱정하지 마시고 들어가시면 됩니다."

"흐윽! 감사합니다. 정말 감사합니다."

그렇게 이들과 작별 인사를 했다.

이민준은 두 사람이 떠나는 뒷모습을 묵묵히 바라보았다.

편정수와 차말순의 모습이 시야에서 사라지자 뒤를 지키고 서 있던 장현식이 말했다.

"제가 다 눈물이 날 것 같더군요."

이민준은 미소 지으며 대답했다.

"그래도 울진 않으셨잖아요."

"변호사란 사람이 이런 자리에서 눈물을 흘리고 있으면 되겠습니까? 그게 다 극도의 인내심을 발휘한 겁니다."

"정말요?"

"흠흠! 정말입니다."

"그렇다면 믿어 드리지요."

"어어? 이 대표님은 설마 저를 피도 눈물도 없는 그런 변호사로 착각하고 계신 거 아닙니까?"

"아닙니다! 저는 장 변호사님이 좋은 분이라고 생각합니다."

"그런데 왜 제가 울 뻔했다는 사실을 믿지 않으십니까?"

"변호사니까요."

"네에?"

"하하! 농담입니다."

"윽! 농담이지만 뭔가 뼈가 있어 보이네요."

"그거 보세요. 제가 선입견이 있는 게 아니라, 장 변호사님이 더 선입견을 품고 계신 거잖아요."

"역시! 이 대표님은 못 이기겠습니다. 하하하!"

"올해 와서 들어 본 가장 멋진 칭찬이군요. 변호사님께 말로 이겼으니까요."

"그렇게 되나요? 후후!"

"참, 아까 저한테 하실 말씀이 있다고 하지 않으셨나요?"

"있습니다. 이 대표님의 아버지와 관련된 일입니다."

아버지와 관련된 일이라고?

순간 이민준의 모든 집중이 장현식에게 쏠렸다.

무엇보다 중요한 정보이니 말이다.

"알겠습니다. 그러면 조용한 곳에서 이야기할까요?"

"그러시지요."

이민준은 장현식과 함께 커피숍으로 향했다.

탁-

장현식이 가방에서 꺼낸 서류를 이민준에게 내밀었다.

"전에 말씀드렸던 세밀 정밀의 강 이사와 최 전무에 관한 내용입니다."

"그래요?"

척-

이민준은 서둘러 서류 안에 든 내용을 확인했다. 강태성 이사와 최철진 전무에 관한 내용이 들어 있었다.

두 사람 모두 이인호의 대학 후배였고, 신기술을 개발하는 연구에 동참했던 사람들이었다.

이민준의 표정을 살핀 장현식이 말했다.

"세밀 정밀의 주력 업종은 무기를 보급하는 자동화와 관련된 것들이었습니다."

"알고 있습니다."

그건 목소리의 창고에서 찾은 서류에서도 확인한 거니까.

고개를 끄덕인 장현식이 말을 이었다.

"하지만 강 이사와 최 전무가 가지고 간 기술은 다른 것이더군요."

"혹시 나노 기술에 관한 것들이었나요?"

"어? 알고 계셨습니까?"

목소리의 창고에서 봤던 서류에는 아버지가 개발 중이었던 나노테크놀로지와 관련된 내용도 있었다.

"우연한 기회를 통해서 알게 된 사실입니다."

"그렇군요. 맞습니다. 그리고 그 내용 중에는 첨단 슈트와 공기 중에 살포되는 나노 로봇과 관련된 것들이 포함되어 있지요."

사각- 사각-

이민준은 눈으로 서류를 훑었다.

그러고 보니 장현식이 전해 준 서류 안에도 그런 내용이 담겨 있었다.

이민준이 서류를 훑어볼 수 있도록 잠시 기다려 준 장현식이 계속해서 말을 이었다.

"저도 처음엔 강 이사와 최 전무가 이런 고급 기술을 별 볼 일 없는 중소기업과 거래한 게 이해가 가지 않았습니다. 그래서 중소기업에 대해서 자세히 확인을 해 봤습니다."

탁-

장현식이 또 다른 서류를 내밀었다.

"강 이사와 최 전무가 거래를 한 회사는 대연 정밀이란 회삽니다. 주로 다른 기업의 하청을 받는 회사인데, 놀랍게도 투자자가 꽤 든든한 사람이었더군요."

이민준은 고개를 들어 장현식을 바라보았다. 그러자 장현식이 살짝 입꼬리를 올리며 말했다.

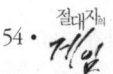

"직접적인 연결선을 찾기는 어려웠습니다. 꽤 여러 방식으로 꼬아 놓았더군요. 하지만 제가 누굽니까? 결국 파헤쳐서 그 끝에 있는 사람을 밝혀냈죠."

"그게 누굽니까?"

"소선진입니다."

소선진?

어디선가 들어 본 기억이 있는 이름이다.

그게 누구였더라?

그렇게 생각할 때였다.

장현식이 먼저 나서서 알려 주었다.

"대번의 회장인 강경억 씨의 처제입니다. 즉, 강경억 씨의 부인인 소연진 씨의 동생인 셈이죠."

"아!"

이민준은 그제야 장현식이 제대로 된 연결선을 잡아낸 것임을 알게 되었다.

대번이 이번 일에 직접 개입한 정황 말이다.

'그렇다는 건……'

별 볼 일 없다고 생각한 대연 정밀이 알고 보니 대번 쪽 자금을 이용한 미끼 회사였던 거다.

그리고 강태성 이사와 최철진 전무는 다른 사람들의 눈을 피해서 대번 쪽에 기술을 팔아먹은 거고 말이다.

심장이 두근거렸다.

이런 증거가 하나둘 쌓인다면 어떤 방식으로든 강경억을 무너트릴 수 있을 테니 말이다.

그러다 살짝 불길한 생각이 들기도 했다.

이민준은 고개를 저으며 물었다.

"찾아내신 자료로 대번을 공격할 수 있나요?"

그러자 장현식이 아쉬운 표정으로 대답했다.

"어디까지나 정황 자료입니다. 확실한 입증이 어려울 수 있습니다."

"그렇군요."

그건 정말 아쉬운 말이었다.

하지만 그렇다고 해도 이게 어딘가?

작은 틈을 발견했다면 계속해서 파내면 된다. 그렇다면 분명 저들의 꼬리를 잡을 수 있을 테니 말이다.

그때였다. 이민준을 바라보던 장현식이 비장한 표정으로 말했다.

"여기서 끝이 아닙니다."

"그래요? 뭐가 또 있나요?"

"이인호 씨의 기술, 즉 첨단 슈트와 나노 로봇 기술이 어디로 흘러갔는지도 확인을 했습니다."

척-

장현식이 새로운 서류를 꺼냈다. 이민준은 서류를 받아서는 안에 든 내용을 확인했다.

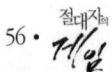

'힐트론?'

서류 안에는 미국의 복합군사업체인 힐트론에 관한 내용이 들어 있었다.

미국의 복합군사업체라…….

뜬금없다는 생각이 들었다.

하지만 장현식이 뜬금없는 서류를 주었을 리가 만무했다.

이민준이 쳐다보자 장현식이 고개를 끄덕이며 말했다.

"소선진 씨의 남편과 인맥이 있는 회사죠. 재밌는 건 소선진 씨의 남편이 국회 국방위원회 소속인 현직 국회의원이라는 겁니다."

"국회의원이요?"

"네. 맞습니다."

"그렇다면 국방위원회 소속의 국회의원이라는 사람이 자국의 중요한 군사 기술이 될 수 있는 자료를 외국으로 빼돌렸다는 말인가요?"

"정확히 지목할 만한 증거는 없습니다. 하지만 정황상으로 봤을 때는 그렇습니다. 소선진 씨와 그의 남편이 이민준 씨 아버지의 회사인 세밀 정밀을 여러 조각 내서 세탁한 거죠."

망할 자식!

이민준은 주먹을 불끈 쥐었다.

어떻게 대한민국의 국회의원이라는 작자가 그런 일을 벌

일 수 있단 말인가?

국가 안보는 국민들의 생명과 직결이 되는 문제다.

그런데 자신들의 이득을 위해 그런 짓을 한다고?

생각할수록 화가 치밀어 올랐다.

"후우."

이민준은 크게 숨을 내뱉어 마음을 진정시켰다. 그러고는 물었다.

"그 국회의원이라는 사람……"

"최순직입니다."

"네. 최순직 의원이라는 사람을 국가보안법 위반으로 잡아들여야 하는 거 아닙니까?"

"확실한 증거 자료가 잡힌다면 제 동기인 검사 친구에게 전달할 생각입니다. 하지만 이런 문제는 정말 어려운 싸움이죠."

장현식이 잠시 뭔가를 생각하는 거처럼 멈추었다가 이내 결심했다는 듯 말을 이었다.

"같은 법조계에서 일하고 있지만, 이런 종류의 일에는 승산이 크지 않습니다. 방산 비리는 군과 정치권, 그리고 재계가 연결되어 있으니까요."

장현식은 착잡한 표정이었다.

왜 아니겠는가?

그가 언급한 부분 자체가 그의 직업적 자존심을 깎아내리는 말이기 때문이었다.

잠시 어색한 침묵의 시간이 흘렀다.

이민준은 먼저 말을 꺼냈다.

"그렇다고 포기하실 건 아니죠?"

"물론 아닙니다. 제가 말씀드렸잖아요. 저 검사 시절에도 앞뒤 안 가리고 뛰어다닌 사람이라고요."

"멋진 마음가짐이시네요. 참, 이 자료는 제가 가지고 가도 될까요?"

"네. 괜찮습니다. 하지만 외부로 유출되지 않게 조심하셔야 합니다. 저와 이 대표님이 이 문제를 파고들고 있다는 게 알려지면 예기치 못한 제재가 걸릴 수도 있으니 말입니다."

"알겠습니다."

이민준은 고개를 끄덕였다.

어찌 보면 장현식의 말이 음모론 같아 보일지도 모르지만 조심해서 나쁠 건 없는 거다.

세상은 눈으로 보이는 게 다가 아니니까.

그건 절대자의 게임을 하면서도 느끼지 않았던가?

드륵-

"그럼 병원 일을 해결해 볼까요?"

자리에서 일어난 이민준은 장현식과 함께 병원 원무과로 향했다.

※ ※ ※

"크륵!"

이종준은 강한 통증을 느끼며 잠에서 깼다.

아니, 잠에서 깼다기보단 잃었던 정신을 찾았다고 표현해야 옳을 것이다.

분명 정신을 차리고 있었을 땐 누군가에게 계속해서 얻어터지고 있었으니까.

"끄윽!"

절그럭-

팔을 움직여 보려 했지만, 소용이 없었다.

철컹-

여전히 의자 뒤로 묶여 있었으니 말이다.

"크흑! 으윽!"

몸속이 제대로 망가졌는지 숨을 쉴 때마다 바람이 새는 소리가 났고, 입가에서는 피가 질질 새고 있었다.

모든 것이 축축한 기분이었다. 하지만 우습게도 목이 바짝바짝 말랐다.

며칠이 지난 걸까?

놈들에게 얻어맞은 후 정신을 잃었다가 눈을 뜨기를 반복했다.

그걸 한 다섯 번까지는 반복했었던 것 같은데, 그 이후로는 셀 수조차 없었다.

 밥? 물?

 그딴 건 기대조차 하지 못했다.

 저들은 그저 자신을 묶어 둔 채로 계속해서 괴롭히기만 하고 있었으니 말이다.

 왜 그러느냐고?

 원하는 게 있는 거다.

 저들은 이종준에게 듣고 싶은 대답이 있었다. 하지만 이종준은 죽어도 입 밖으로 말을 꺼내지 않았다.

 "크으으!"

 이종준은 흐릿한 시선으로 자신의 팔을 쳐다봤다. 투명한 링거줄이 팔에 연결되어 있었다.

 '허어.'

 황당한 기분이었다.

 사람을 신 나게 두들겨 패는 것도 모자라 약물 고문을 시키더니, 죽지 말라고 수액을 놓고 있는 거였다.

 '더러운 놈들.'

 엉망인 몸만큼 마음속도 만신창이가 되어 있었다.

 하지만 그럼에도 포기할 수 없는 건 비루한 목숨이지만 살고 싶은 욕망 때문이었다.

 그때였다.

 철컹- 터컹-

쇠로 된 문이 열렸는지 커다란 소리가 방 안을 울렸다.

소리가 이렇게 울릴 정도라면 꽤 크지만 텅 빈 방이라는 뜻일 거다.

터걱- 터걱-

구둣발 소리가 들렸다.

상대가 점점 가까이 다가오는가 싶더니 어느새 그림자를 드리웠다.

백열등을 등지고 선 것 같았다.

사내가 말했다.

"어때? 이젠 좀 편안해져야지?"

"큭! 편안하게, 흐윽, 죽으라는 말이요?"

"뭐, 그래야 하지 않겠어? 소모품은 필요가 없어지면 버려지는 거라고."

"크윽!"

가능하다면 달려들어 저놈의 배를 한 대 걷어차 주고 싶었다.

하지만 몸이 묶여 있었으니까.

아니, 아마 몸이 묶여 있지 않아도 그렇게는 못했을 거다.

"크후."

이종준은 크게 숨을 내뱉었다.

몸이 이 상태인데 누굴 공격한단 말인가?

부들부들-

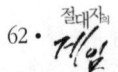

온몸이 떨렸다.

두렵고 무서운 건 이미 지나간 후였다. 마음속에 남은 건 오직 증오와 독기뿐이었다.

그러나 어쩌겠는가?

자신이 할 수 있는 일은 아무것도 없는 것을.

자그락-

더욱 가까이 다가온 사내가 고개를 옆으로 기울이며 이종준을 쳐다봤다.

반반하게 생긴 사내였다.

그런 사내가 역겨운 미소를 지으며 말했다.

"솔직하게 말해 봐. 회장님께 문제가 될 만한 자료 같은 거 분명히 가지고 있잖아."

"어, 없어. 크흑! 없다고 계속 말했잖소."

"후우! 이것 참."

잠시 고개를 갸웃한 사내가 빠르게 주먹을 날렸다.

빡-

이종준은 눈앞이 번쩍이는 기분이었다.

하도 맞아서 그런지 안면이 함몰된 거 같은데, 그 상태에서 또 맞으니 정말 죽을 거 같았다.

"크흐흑! 없어. 없으니까 제발 이러지 맙시다. 응? 이러지 말라고!"

이종준은 저도 모르게 울분을 터트리고 말았다.

그녀의 부모님 • 63

이젠 정말 얼마나 버틸 수 있을지를 가늠할 수 없었다.

이게 정말 끝인 건가?

그렇게 생각할 때였다.

"징그럽게 시간을 끄는 놈이군. 나도 이젠 지쳤어. 시간이야 조금 걸리겠지만, 우리가 찾아내는 수밖에 없지."

찌익-

"아악!"

사내가 이종준의 팔에 달린 수액 줄을 뽑아냈다.

"뭐, 뭐 하는 거요? 끄윽! 뭐 하는 거냐니까?"

이종준의 물음에 사내가 섬뜩한 미소를 지으며 말했다.

"너랑 상대하는 것도 이젠 지쳤거든. 그냥 그렇게 말라서 뒈져 버리시든가."

저걱- 저걱-

말을 마친 사내가 등을 돌려 문 쪽을 향해 걸었다.

"이, 이거 봐! 이거 보라고!"

이종준은 있는 대로 소리를 질렀다.

하지만,

끼이익- 터컹-

철문은 굳게 닫히고 말았다.

제3장

트리움의 목걸이

후으윽-

이민준은 게임 안으로 들어왔다.

성벽 위였다. 눈앞으로 거대한 바다가 펼쳐져 있었다.

쏴아! 쉬이익-

시원한 바닷바람이 온몸을 감쌌다.

북부에서 느꼈던 차가운 바람이 아닌 휴양지에서나 맛볼 수 있는 상쾌한 바람이었다.

처음 절대자의 게임에 들어왔을 때 느꼈던 그런 기분이라고 해야 할까?

'튜토리얼 장소가 동부였다는 소린가?'

문득 튜토리얼을 하던 당시가 떠올랐다.

현실에선 절대로 만날 수 없을 것 같은 아름답고 멋진 세계!

이민준은 그때의 감동을 다시금 되살리는 기분이었다.

주변을 둘러보았다. 감성을 자극하는 건 바닷가의 풍경만이 아니었다.

웅성- 웅성-

중세 유럽풍으로 지어진 거대한 성은 마치 놀이공원에 만들어진 아름다운 유럽 마을처럼 환상적인 모습이었다.

더군다나 동부의 바리아슨 성은 남부의 알란드리 성보다 그 규모도 훨씬 크고, 유동 인구까지 월등히 많아 엄청나게 활발하게 보였다.

또한 그 덕분이었는지 시장에는 신기한 볼거리와 다채로운 먹거리가 잔뜩 쌓여 있기도 했다.

"으차!"

이민준은 성벽을 내려가서는 이내 남문에 위치한 시장 쪽으로 향했다.

게임에서 벗어나기 전 일행들은 여행에 필요한 물품들을 사기 위해 시장으로 향하는 중이었다.

"북부에서 잡히는 흰 목도리 곰의 쓸개입니다! 마나 회복에 큰 도움을 줍니다!"

"거기 멋진 오빠! 이거 한번 입어 봐요! 밤이 되면 마나님이 도망갈 정도로 남성의 그것을 강하게 만들어 주는 팬

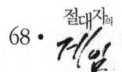

티예요!"

대륙 각지에서 몰려든 상인들이 내놓은 희한한 제품들이 잔뜩 전시된 구간이었다.

"탈모에 즉효 약인 털북숭이 탈론의 머리 피입니다! 이걸 사용하면 바로 효과가 나옵니다! 머리가 수북해진다니까요. 아! 정말입니다!"

이민준은 순간 발걸음을 멈칫했다.

탈모에 즉각 효과가 있는 약이라니!

현실의 이민준이야 머리가 시커멓게 보일 정도로 탈모와는 거리가 있었다.

하지만 문제는 성창식이었다.

'그놈은 벌써 앞머리가 까지고 있지…….'

덩치도 크고 잘생긴 얼굴도 아닌 성창식은 머리까지 벗겨지며 안타깝게도 3~40대로 보일 지경이었다.

무려 21살의 총각이 말이다.

그렇게 생각하니 사랑하는 친구를 위해서 이 약을 현실로 가지고 가고 싶다는 생각이 들었다.

"어떻습니까, 손님? 구미가 당기십니까? 가격도 쌉니다. 이거 한 병에 100만 원밖에 안 합니다."

사실 마음이 혹하긴 했다.

"됐습니다."

그러나 이민준은 머리를 흔들며 그 자리를 빠져나왔다.

만약 머리가 날 수 있는 약이라면 그깟 100만 원이 문제일까?

탈모 치료제를 개발하기만 하면 노벨상 정도는 가뿐히 탈 수 있다는 말이 나올 정도였으니 말이다.

그럴 정도로 탈모를 겪고 있는 사람들에겐 굉장한 스트레스라는 소리다.

그러니 어찌 그런 생각을 하지 않을 수 있겠는가?

"후우!"

이민준은 짧게 숨을 내뱉었다.

문제라면 저 약을 현실로 가져갈 수가 없다는 거다.

'가져가기만 하면 우리 홈페이지 대박 나는 건 시간문제겠네.'

쓸데없는 생각도 들었다.

'어서 가자.'

잡생각을 털어 낸 이민준은 서둘러 길을 걸었다.

일행을 찾는 건 전혀 어려운 일이 아니었다. 자신의 소환수가 둘이나 돌아다니고 있으니 말이다.

이민준은 크마시온의 기운을 따라 시장 모퉁이를 돌았다.

그때였다.

"세상에! 대단하다!"

"이건 정말 기적이야!"

"역시! 동부에 오니 이런 엄청난 시합을 다 보는구나!"

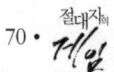

한 무리의 사람들이 모여서 소리를 지르고 있었다.

꽤 많은 인파였다.

대단한 볼거리가 열린 게 분명했다.

'근데 크마시온은…….'

그러다 문득 이민준은 크마시온의 기운이 저 인파의 안쪽에서 느껴지고 있음을 알아챘다.

'뭐야? 일행들도 저걸 구경하고 있다는 건가?'

이민준도 서둘러 인파들이 모인 곳으로 향했다.

"죄송합니다. 일행을 좀 찾겠습니다."

그러고는 조심스럽게 사람들을 헤치며 앞쪽으로 나아갔다.

거의 끝에 다 다다랐을 때였다.

"우와! 저 쪼그만 체격으로 저 큰 파이를 다 먹는다고?"

"미쳤다! 진짜! 사람이 아니야!"

이민준은 자신의 눈을 의심하지 않을 수 없었다.

엄청난 크기의 접시 두 개가 놓인 커다란 테이블이었다.

옆 사람을 보니 접시의 크기만큼이나 거대한 파이가 놓여 있었다는 것도 알 수 있었다.

이민준의 덩치에 두 배는 족히 넘을 것 같은 사내가 접시의 절반쯤 남은 파이를 파먹고 있었으니 말이다.

이민준은 옆에 앉은 사람을 바라보았다.

접시가 거의 텅 비어 가고 있을 만큼 빠른 속도로 파이를 먹고 있는 소녀.

그리고 그 소녀는 다름 아닌 루나였다.

와작-

우걱우걱-

꿀꺽-

"다 먹었다!"

루나가 하늘을 향해 양손을 활짝 폈다.

"우와와와-!"

그러자 우레와 같은 함성이 터져 나왔다.

'와! 내가 청룡기 선발승을 했을 때도 이런 함성은 나오지 않았는데……'

그럴 만큼 사람들의 반응은 정말 열광적이었다.

이건 마치 메이저리그 월드 시리즈에서 우승했을 때의 분위기라고나 해야 할까?

"신이다! 신! 저 소녀는 먹신이다!"

"먹신! 먹신!"

"영웅의 탄생이구나!"

"예에에에-!"

무슨 먹는 걸로 영웅이 탄생한단 말인가?

이민준은 황당한 눈으로 주변 사람들을 둘러보았다.

그러나 동부 사람들은 이민준과 달리 엄청나게 달아올라 루나를 둘러싸며 마구 환호하고 있었다.

잠시 멍한 상태로 사람들을 지켜보고 있을 때였다.

"주인님! 오셨군요!"

중년의 상인과 같은 모습으로 변장한 크마시온이 다가오며 한 말이었다.

"어, 그래. 그런데 이게 대체 어떻게 된 거냐?"

"루나 님이요?"

"그래. 왜 갑자기 먹기 시합을 한 거야?"

"그게 말하자면 복잡한데, 간단하게 말하면 주인님을 돕기 위해서였습니다."

"나를 돕기 위해 먹기 시합을 했다고?"

"뭐 정확히 따지면 그렇고, 전체적으로 말씀드리면 저와 주인님의 퀘스트를 위해서였지요."

이민준은 고개를 갸웃했다. 그러자 크마시온이 자세히 설명을 해 주었다.

"그러니까 네 말은 루나와 먹기 시합을 한 저 덩치 큰 사람이 마신 트리움의 아이템을 가지고 있었다는 말이지?"

"네. 맞습니다. 카소돈 님이 알아채셨죠. 저 사람은 그저 장식품인 줄 알고 목에 차고 있었고요."

이민준은 고개를 끄덕였다.

그러고 보니 아까 덩치가 파이를 먹고 있었을 때에도 그의 목에 걸린 커다란 목걸이가 눈에 띄기도 했었다.

악마의 형상을 한 위협적인 목걸이.

'그 목걸이가 트리움의 아이템이라 이거지?'

잠시 생각을 정리한 이민준이 물었다.

"그게 대체 어떤 아이템인데?"

그러자 크마시온이 주변을 둘러보고는 텔레파시로 말했다.

-카소돈 님은 그것이 동부 지역에 분포된 트리움의 흔적들을 표시한 지도라고 하셨습니다.

-그래?

이건 정말 의외의 결과였다.

왜 아니겠는가?

이민준과 일행이 동부에 온 이유 중 하나가 바로 트리움의 흔적을 찾기 위함이었다.

그런데 덩치의 목걸이가 트리움의 흔적을 찾을 수 있는 지도라면 이건 정말 대단한 일 아닌가?

-그래서 그런 거야? 루나가 먹기 시합을 한 게?

-맞습니다. 카소돈 님이 저 목걸이를 어떻게 얻어야 하나 며 엄청나게 고민하셨거든요. 저 덩치 생긴 거 보세요. 여기 시장의 터줏대감인 조폭입니다.

-그런데 먹기 시합은 어떻게 생각해 낸 거야?

-루나 님이 제안한 겁니다. 동부 사람들이 먹는 거와 도박에 환장한다는 걸 알고 계셨거든요.

-그렇구나.

이민준은 고개를 끄덕였다.

정말 영리한 행동이었다.

물론 루나가 먹기 시합에서 실패했다면 상황은 달라졌을 테지만 말이다.

그러다 문득 수상한 생각이 들었다.

-야! 근데 루나는 뭘 내걸었는데?

말 그대로 내기가 걸린 시합이 아니던가?

저 덩치가 욕심낼 수 있는 무언가를 걸지 않았다면 이런 시합을 적극적으로 나서지 않았을 것이다.

-그게…….

크마시온이 잠시 망설이며 눈치를 봤다. 그러다 이민준이 노려보자 서둘러 고개를 흔들며 대답했다.

-루나 님 자신을 걸었습니다.

-뭐?

-그러니까 내기의 대상으로 본인을 거셨다고요.

이게 무슨 말도 안 되는 소린가?

자기 자신을 걸다니?

이민준이 무섭게 쳐다보자 크마시온이 안절부절못하며 텔레파시를 보냈다.

-동부에는 아직까지 노예제도의 관습이 남아 있습니다. 심지어 내기를 통해서 누군가의 노예가 되기도 하고 그렇

지요.

-그게 말이 돼? 그럼 루나가 졌으면 저 덩치의 노예······.

생각만으로도 끔찍한 생각이 드는 행동이었다.

몸이 부들부들 떨렸다. 그러자 크마시온이 화들짝 놀라며 대답했다.

-아닙니다, 주인님. 주인님이 생각하시는 그런 노예가 아닙니다. 루나 님이 내건 건 1년 동안 저 덩치를 위해 연금술을 사용해 돈을 벌어 주는 노예가 되는 계약이었습니다.

-그래? 성 노예나 뭐 그런 건 아니란 말이지?

-물론입니다! 절대 아닙니다.

그건 그나마 다행인 거다.

하지만 그렇다고 해도 루나가 한 행동은 절대 올바른 것이 아니었다.

-크마시온, 너나 카소돈 님, 그리고 다른 사람들은 뭐했어? 루나가 그런 행동을 하려고 했으면 무조건 말렸어야지.

-당연히 말렸습니다. 못하게요. 저나 카소돈 님, 그리고 앨리스 님까지 펄쩍 뛰었습니다. 아무리 퀘스트가 중요해도 그러는 거 아니라고요.

-그런데 이건 어떻게 된 건데?

-루나 님도 안 하시겠다고 수긍을 하고는 같이 시장을 구경하는데 중간에 사라지신 거죠. 저희가 찾았을 땐 이미 일이 벌어지고 난 후였습니다.

하여튼 고집불통!

필요한 아이템을 얻어 준 건 정말 고마운 일이었다.

그러나 잘못한 행동은 당연히 지적받아야 하는 법.

이민준은 루나를 따끔하게 혼내 주리라 생각했다.

사람들의 열기가 어찌나 뜨거웠던지 루나가 동부 사람들의 손에서 벗어나기까지는 조금의 시간이 더 걸렸다.

"자, 여기. 너 진짜 무서운 아이구나."

덩치가 자신의 목에 걸고 있던 목걸이를 빼내어 루나에게 내밀었다.

역시나 내기가 활발하게 발달한 지역인 만큼 길거리에서 성사된 내기에서조차 자신의 귀중품을 거리낌 없이 내놓기도 했다.

"호호호! 저도 즐거운 시합이었어요."

"후우! 그래. 어쨌든 넌 정말 대단했어. 존경한다."

덩치가 엄지를 척 하고 들어 주고는 쿨하게 발길을 돌렸다.

루나는 매우 기분이 좋아 보였다.

"루나."

"루나 양!"

하지만 다른 일행들은 모두 화가 난 모습이었다.

말을 듣지 않고 독단적으로 행동한 루나에게 엄한 모습

으로 변한 거다.

"루나, 너 그러다가 지면 어쩔 뻔했니. 아무리 퀘스트가 중요해도 그렇지."

먼저 나서서 싫은 소리를 한 사람은 다름 아닌 카소돈이었다. 그러자 루나가 고개를 숙이며 말했다.

"죄송해요. 걱정을 끼쳐 드리려고 그런 건 아닌데, 그래도 뭔가를 하고 싶었어요. 저도 도움이 되고 싶었다고요."

루나의 솔직한 심정이었다.

"아……."

그녀의 말에 모두가 잠시 할 말을 잃었다.

잘못한 행동은 분명 혼이 나야 마땅하지만, 그녀의 절실한 마음이 결코 싫게만 느껴지지 않았기 때문이다.

'자식.'

이번에 나선 건 이민준이었다.

"아무리 그래도 그렇지. 자신을 소중히 해 달라고 내가 전에 부탁했었잖아."

"오빠."

루나가 울 것 같은 눈으로 쳐다봤다.

"후우."

이민준은 크게 숨을 내뱉었다. 그러고는 말했다.

"약속해. 다시는 이런 무모한 행동을 하지 않겠다고."

루나는 조금도 망설이지 않았다.

"네. 그럴게요. 진심이에요. 약속할게요."

그녀는 마치 비에 젖은 고양이처럼 처량한 눈으로 이민준을 바라보고 있었다.

이민준은 고개를 흔들었다.

루나가 본인의 이득을 위해서 한 행동도 아니다. 이건 어디까지나 퀘스트를 위한 희생이었으니까.

다신 안 그러겠다고 약속도 했으니 이쯤이면 된 거다.

"그래. 꼭 약속 지키고."

"네."

"그리고 너 정말 대단했어."

"정말요?"

"그래, 인마. 멋졌다."

"에헤! 오빠!"

와락-

단숨에 달려든 루나가 이민준의 품에 안겼다.

이런 녀석을 어찌 미워할 수 있겠는가?

"후후후! 녀석! 앞으론 조심하자."

"맞아, 루나 양. 내심 걱정했다고."

"그래도 잘 끝나서 다행이에요."

일행들 모두 루나에 대한 화가 풀렸는지 그녀를 위한 한마디를 아끼지 않았다.

"자, 그럼 루나 양이 자신의 자유를 걸고 얻어 낸 아이템을 확인해 볼까요?"

주변을 환기해 준 사람은 다름 아닌 카소돈이었다. 그러자 루나가 이민준의 품을 벗어나 카소돈에게 악마 형상의 목걸이를 내밀었다.

"여기요."

잘그락-

카소돈이 목걸이를 받아 들었다. 그는 진지한 표정으로 목걸이를 살폈다.

성인 손바닥만 한 크기에 검은색과 붉은색이 어우러진 조각상이었다.

카소돈이 주변을 둘러보았다. 그러고는 말했다.

"일단은 사람들이 없는 곳으로 가야 할 것 같습니다. 이걸 작동하려면 주신의 힘이 필요하니까요."

이민준은 고개를 끄덕여 주며 말했다.

"좋습니다. 이동하시죠."

그러고는 일행들과 함께 자리를 옮겼다.

자각-

일행들과 함께 이동한 곳은 시장이 끝나는 지점이었다.

이민준은 앞장서서 골목길로 들어섰다.

한적한 장소를 찾아낸 건 다름 아닌 아서베닝이었다.

녀석은 마법을 이용해 어렵지 않게 이민준이 요구한 장

소를 물색한 거다.

모퉁이 몇 군데를 더 돌자 작은 공터가 나왔다.

입구를 제외한 주변은 허름한 건물들로 막혀 있었고, 건물에 달린 나무 창문은 모두 닫혀 있었다.

무언가 은밀하게 일을 진행하고자 한다면 제격인 그런 장소였다.

"여기가 괜찮을 거 같네요."

이민준의 말에 일행들이 고개를 끄덕여 수긍했다.

"필요한 곳을 정말 잘 찾았다. 베닝아, 수고했어."

"언제든 맡겨 주세요."

이민준의 칭찬에 아서베닝이 기분 좋게 웃었다.

210레벨의 드래곤이 인간의 칭찬을 좋아한다니 재밌다는 생각이 들었다.

고개를 흔들어 잡생각을 떨친 이민준은 킹 섀도우 나이트와 크마시온에게 명령했다.

"크마시온은 혹시 모를 사람들의 접근을 막고, 섀나는 건물에서 이쪽을 훔쳐보는 사람이 있는지 확인해."

"알겠습니다!"

((분부대로 하겠습니다.))

누가 뭐라 해도 보안은 가장 중요한 요소니까.

잠시의 시간이 지났다.

-입구를 봉쇄했습니다.

-건물을 모두 확인했습니다. 이상 없습니다.

킹 섀도우 나이트와 크마시온으로부터 문제가 없음을 확인하는 텔레파시가 날아왔다.

그럼 된 거다.

이민준은 모두를 돌아보며 말했다.

"준비가 끝났습니다."

"잘됐군요. 자, 여기 있습니다."

그러자 카소돈이 악마 형상의 목걸이를 내밀었다. 루나가 먹기 시합으로 얻어 낸 마신 트리움의 아이템이었다.

끄덕-

이민준은 목걸이를 받아 들었다. 그러고는 주신의 상처가 있는 오른손으로 악마 형상의 목걸이를 움켜쥐었다.

후욱- 후욱-

목걸이가 손바닥에 닿자 오른손의 상처가 서서히 달아오르기 시작했다.

그냥 이렇게만 있으면 되는 건가?

이민준은 의아한 눈으로 카소돈을 바라보았다.

그러자 이민준이 뜻하는 바를 알아챘는지 카소돈이 먼저 나서서 말했다.

"일단은 주신의 기운이 목걸이를 파악할 수 있도록 시간을 주면 됩니다. 그러다 보면 뭔가 특이한 영상이 떠오를 겁니다. 그걸 기억하세요. 그곳이 바로 트리움의 흔적이 있는 장소입니다."

"알겠습니다."

고작해야 장면을 기억하는 일이다. 그런 거라면 어려울 게 없었다.

더군다나 뇌의 기능이 활성화되어 있는 지금이라면 더욱더 말이다.

후욱- 후욱-

달아오른 주신의 상처가 점점 격하게 반응하기 시작했다.

'지금부턴가?'

여러 가지 기운을 흡수하면서 신경이 상당히 예민해진 덕분이었다.

어렴풋한 감을 잡은 이민준은 눈을 감고 영상이 떠오르기를 기다렸다.

그러자,

스팟-

놀랍게도 주변 영상이 변화하는 것처럼 눈앞에 풍경이 마구 바뀌기 시작했다.

스아아아-

드넓은 초원이 보이는가 싶더니, 이내 깎아 지르는 듯한 절벽이 보였고, 그다음은 어둠에 휩싸인 바닷가가 보였다.

후우우욱-

그렇게 여러 장소가 돌아가면서 보인 후였다.

팟-

이민준은 마치 잠에서 깨듯 자연스럽게 눈을 떴다. 일행들이 궁금증이 가득한 얼굴로 쳐다보고 있었다.

먼저 말을 꺼낸 사람은 다름 아닌 카소돈이었다.

"어떻게 되었습니까? 장소들은 모두 기억하신 겁니까?"

"네."

이민준은 고개를 끄덕여 주었다.

근데 이게 다인가?

문득 궁금한 점이 생긴 이민준은 카소돈을 보며 물었다.

"기억은 합니다. 하지만 고작해야 도화지에 그려진 그림 같은 장면인데, 이걸로 장소를 찾을 수 있다는 말씀이신가요?"

"물론입니다. 지금 한니발 님은 주신의 기운을 이용해서 동부에 있는 트리움의 흔적들을 자극한 겁니다."

"제가 자극을 했다고요?"

그러고 보니 조금 전 트리움의 목걸이를 이용하면서 탁한 기운을 느끼긴 했었다.

이민준은 자신의 오른손을 쳐다봤다.

후욱- 후욱-

주신의 상처가 반복적으로 반응하고 있었다.

잠시 뜸을 들인 카소돈이 이내 말을 꺼냈다.

"지금 느껴지는 기운에 집중하세요. 머릿속에 떠오르는 지역의 이미지를 잊어선 안 됩니다."

이민준은 고개를 끄덕여 주었다.

그걸 잊을 리는 없을 거다.

그때였다. 카소돈이 아서베닝에게 말했다.

"베닝 군, 이쪽 벽에 동부 지역 지도를 마법 영상으로 비춰 주시겠습니까?"

아서베닝에겐 손쉬운 부탁이었다.

"그러지요."

아서베닝이 살짝 손을 튕기자 한쪽 벽면에 동부의 지도가 커다랗게 펼쳐졌다. 드래곤의 마법이라 그런지 3D처럼 입체적인 모습의 지도였다.

"됐습니다. 한니발 님, 조금 전 느꼈던 이질적인 기운을 트리움의 목걸이에 주입하면서 지도에 집중하세요."

"알겠습니다."

이민준은 카소돈이 말한 것처럼 자신 안에서 느껴졌던 트리움의 기운을 밖으로 분출했다.

그러자,

츠즈즉-

놀랍게도 목걸이가 반응하며 검은색 연기를 내뿜었다.

후으윽- 후으윽-

목걸이에서 새어 나오고 있는 건 실뱀처럼 얇은 연기였다.

여러 가닥으로 나뉜 연기는 마치 살아 있는 생물처럼 꿈틀거리기 시작했다.

'이거구나!'

그와 동시에 이민준은 트리움의 기운을 명확하게 느낄 수 있었다.

카소돈이 말한 것처럼 주신의 기운을 이용해 동부에 숨겨진 트리움의 흔적을 자극하고 있는 거다.

이민준은 더욱 집중력을 올렸다.

츠팟-

그러자 트리움의 흔적들이 어디에 있는지를 확실하게 알 것 같았다.

굉장한 느낌이었다.

이건 마치 레이더가 신호를 발사해서 사물에 부딪친 후 돌아온 신호를 알아내는 것과 같은 원리였다.

그렇다면?

망설일 게 뭐가 있을까?

후으윽-

이민준은 트리움의 목걸이에 주신의 기운을 불어넣었다.

그러자,

차아악-

흐물거리던 실뱀들이 화살처럼 날아가서는 동부 지도가 표시된 벽에 가서 처박혔다.

이민준은 빠르게 지도를 확인했다.

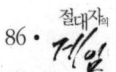

검은 연기가 표시한 지역은 총 5개였다. 그리고 저곳이 바로 트리움의 흔적이 있는 곳이란 소리다.

"흐음, 다섯 곳이군요."

그걸 확인한 카소돈도 살짝 인상을 찡그리며 지도를 확인했다.

물론 5개의 장소가 많은 건 아니었다. 하지만 아직 주신의 두 번째 숨겨진 성지도 찾지 못한 상황에서, 저 다섯 지역을 모두 돌아다녀야 한다고 생각하니 시간 낭비처럼 느껴졌다.

뭔가 방법이 없을까?

고민할 때였다.

'아! 맞다!'

그러다 번뜩하며 떠오른 거다.

'첫 번째 퀘스트의 열쇠는 섀나였지. 퀘스트의 요구 사항도 그런 거고. 만약 두 번째 퀘스트에도 그런 의미가 있다면?'

이민준은 서둘러 크마시온에게 텔레파시를 보냈다.

-크마시온! 여기로 와 봐!

-알겠습니다.

타다닥-

크마시온이 헐레벌떡 뛰어왔다.

이민준은 다른 말을 하지 않고는 왼손으로 크마시온의

팔을 잡았다.

그러자,

후으윽-

트리움의 목걸이가 격렬하게 반응하기 시작했다.

"히이익!"

무섭게 일어선 마기를 본 크마시온이 화들짝 놀랐다.

목걸이가 크마시온을 느낀 거다.

녀석은 한때 트리움의 마기를 이용해 영생을 꿈꿔 왔으니 말이다.

이민준은 서둘러 크마시온에게 텔레파시를 보냈다.

-나를 믿어라, 크마시온. 절대 너를 위험하게 하지 않을 테니까.

-아, 알겠습니다, 주인님.

크마시온의 대답이 막 넘어왔을 때였다.

화르르륵-

꺼져 가는 불에 휘발유를 부은 듯 이민준의 오른손에서 검은 기운이 더욱 크게 일어났다.

'역시!'

이민준은 자신의 생각이 맞았음을 깨달았다.

이번 퀘스트에서 크마시온이 차지하는 비중은 매우 컸다.

그리고 그 이유는 카소돈이 말했듯이 크마시온과 트리움의 연관 관계 때문이었다.

그렇다는 건 지금 트리움의 기운에 가장 큰 영향을 줄 수 있는 존재가 바로 크마시온이라는 말이었다.

후르르륵-

마기가 크마시온을 집어삼키겠다는 듯 하늘을 향해 솟구쳤다.

후욱- 후욱-

이민준은 빠르게 절대자의 기운을 불러일으켰다.

마기가 크마시온을 공격하기 전이었다.

'이 녀석을 원하면 네놈이 어디 숨어 있는지를 밝혀라! 내가 직접 찾아가 주마!'

강하게 집중을 하자,

화으윽-

크마시온을 향하던 마기가 몸을 움찔하더니 이내 방향을 틀었다.

콰직-

그러고는 동부의 지도가 표시된 벽에 가서 박혔다.

탁-

이민준은 크마시온의 팔을 놓아주었다.

"어, 어떻게 된 건가요?"

크마시온이 턱을 달그락거리며 물었다. 이민준은 미소 지으며 대답해 주었다.

"네가 중요한 역할을 한 거지."

"그, 그런가요?"

크마시온은 눈알을 흔들었고,

"오오! 크마시온을 이용하시다니! 대단한 생각이십니다!"

지도를 확인한 카소돈은 감탄했다는 듯한 눈으로 이민준을 바라보고 있었다.

모든 준비를 끝내고 성 밖으로 나왔다.

언제 멸망이 세상에 모습을 드러낼지 모르니 서둘러 퀘스트를 해결해야 했다.

이민준은 아서베닝에게 말했다.

"베닝아, 마차 꺼내."

"네! 형!"

이제는 제법 말 잘 듣는 셋째 동생 같은 아서베닝이었다.

녀석이 간단하게 주문을 외우자,

후욱-

시커먼 아공간이 열렸고,

"나와라!"

간단하게 손짓을 하자,

스스슥-

커다란 마차 한 대가 아공간에서 서서히 모습을 드러냈다.

"우와! 역시 드래곤은 이래서 좋다니까!"

지면으로 내려오는 마차를 본 루나가 팔짝 뛰며 좋아했다.

북부에서 루나의 연금술로 만들었던 바로 그 마차였다.

동부로 오기 전 이민준의 부탁을 받은 아서베닝이 자신의 아공간에 마차를 집어넣었기에 가능한 일이었다.

탈칵-

이민준은 먼저 마차로 다가가 문을 열어 주었다.

"자, 탈까요?"

"허허! 감사합니다."

"고마워요, 한나발 님."

카소돈을 시작으로 해서 일행들이 모두 마차에 올랐다.

물론 크마시온은 마부석으로 향했고, 지붕을 사랑하는 아서베닝은 당연히 지붕으로 올라갔다.

아서베닝이 크마시온에게 말했다.

"야! 너 고작 마나 조금 쓰는 걸로 투덜거렸다며."

"아, 아닙니다, 베닝 님."

"아니긴 뭐가 아니야? 내가 다 들은 말이 있는데. 마법사가 쪼잔하기는."

"으윽."

"마나는 내가 지원하마. 대신 마차 운전은 네가 해라."

"아, 알겠습니다."

이민준은 아서베닝과 크마시온을 보며 피식하고 웃고 말았다. 항상 보면 투닥거리는 모습이었지만, 왠지 아서베닝이 크마시온을 아끼고 있는 건 아닌가 하는 착각이 들었기 때문이다.

달칵-

마지막으로 마차에 오른 이민준은 문을 닫고는 크게 외쳤다.

"출발!"

드르르륵-

마차가 힘차게 달려 나갔다.

"우와! 역시 드래곤의 마나!"

루나가 신이 나서 소리쳤다.

그도 그럴 것이, 이전 크마시온의 마나로 달릴 때와는 차원이 다르게 힘이 느껴졌기 때문이다.

이건 마치 1,600cc 승용차를 타다가 5,000cc 8기통의 대형 세단을 타는 기분이랄까?

'확실히 베닝이가 합류하니까 여러 가지로 좋은 점이 많네.'

이민준은 시원한 바람이 들어오는 창밖을 보며 기분 좋게 미소 지었다.

드르르륵-

마차는 주신의 성지가 숨겨져 있는 드아빌 지역을 향해 달리고 있었다.

다행이라고 해야 할까?

트리움의 마기를 이용해 놈의 흔적이 짙은 지역을 찾은 곳이 바로 이민준과 일행이 출발한 바리아슨 성과 드아빌 지역의 중간 지점이었다.

어차피 가는 길이니 중간에 들러서 확인하면 된다는 뜻이었다.

마차 안은 차분한 분위기였다. 누군가는 수다를 떨고 있었고, 누군가는 잠에 빠져 있기도 했다.

이민준은 옆자리에 앉은 카소돈에게 물었다.

"트리움의 마기가 크마시온에게 강하게 작용했다는 건 분명한 이유가 있는 거겠죠?"

"안타깝지만 그렇게 된 것 같습니다."

'흐음.'

이민준은 가슴 한편이 저림을 느꼈다.

제발 이런 상황까지는 오지 않기를 바랐었다.

비록 까불기도 하고 '적당히'가 없이 사고도 치지만, 크마시온은 정말 좋은 녀석이었다.

그런데 절대자의 게임 세계를 지키기 위해 크마시온을 희생해야 한다니!

될 수 있으면 아닐 거라 믿고 싶었다.

하지만 동부로 와서 확인하는 모든 것들이 좋지 않은 부분을 향하고 있었다.

이민준은 다시금 시선을 밖으로 돌렸다.

누군가 가슴을 강하게 누르고 있는 듯 마음이 불편했기 때문이다.

※ ※ ※

우우웅!
끼이익! 탁-
이민준은 차에서 내렸다.
서울 외곽에 있는 공터였다.
'이종준의 마지막 위치가 여기였단 말이지?'
새마음 심부름센터의 사장인 지혁수가 며칠간 CCTV를 확인해서 알아낸 장소였다.
이종준이 누군가를 만나기 위해 마지막으로 들른 장소.
그리고 그가 이곳에 왔다 간 이후로 행방이 불분명해졌다고도 했다.
'어디 보자.'
이민준은 이종준의 흔적을 찾기 위해 조심스럽게 주변을 확인했다.

제4장

빠른 자들

 지면이 단단하지 않은 덕분이었는지 바닥에는 발자국과 같은 흔적 등이 남아 있었다.
 그리고 그런 흔적 중 가장 선명하게 남아 있는 건 양쪽에 나란히 자리를 잡고 있는 타이어 자국이었다.
 '적어도 두 대 이상의 차량이 들어오긴 했다는 뜻이겠지?'
 이민준은 손으로 턱을 쓸었다.
 물론 각각의 차량이 다른 시간대에 공터를 들렀다가 나간 걸 수도 있었다.
 하지만 달리 생각해 보면 이종준이 바람이나 쐬자고 혼자 이런 으슥한 장소를 찾았을 리는 없지 않겠는가?
 그것도 새벽에 말이다.

분명 누군가를 만나기 위함이었을 거다.

그런데 그게 누구였을까를 생각해 보면?

답은 없었다.

막막했다.

이민준은 고개를 흔들었다. 아무리 생각해도 여기까지가 끝이란 생각이 들었기 때문이다.

"흐음."

번데기 껍질이 목에 걸린 것처럼 까슬까슬한 기분이었다.

아침 일찍부터 걸려온 지혁수의 전화를 받은 후 굉장히 기대를 한 탓도 있었을 거다.

이곳에 오기 전까지만 해도 이종준의 행방에 대한 결정적인 증거를 찾을 수 있을 거라 믿었으니 말이다.

그러고 보니 별거 아닌 일에 너무 큰 기대를 걸었다는 생각이 들었다.

뭔가 특이한 게 없을까?

이민준은 다시금 주변을 세심하게 훑어보았다.

역시나 눈에 띄는 흔적은 찾을 수 없었다.

입맛이 썼다.

자각-

이민준은 공터의 끝 쪽을 향해 걸었다.

터덕-

하늘에서 쏟아진 아침 햇살이 일렁이는 물결에 반사되어

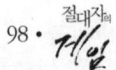

눈을 찡그려야만 했다.

 공터 바로 앞은 강이라고 하기엔 부족해 보이는 하천이 흐르고 있었다.

'이종준이 의외의 장소를 알고 있었네.'

 그렇게 생각을 하며 주변을 둘러볼 때였다.

'음?'

 뭔가 주변과는 달라 보이는 이질적인 물체가 눈에 걸렸다.

 저건 분명 상자였다.

 이민준은 하천 너머에 설치된 초록색 상자를 뚫어져라 쳐다봤다.

 육체 능력이 향상되면서 갖게 된 엄청난 시력이었다.

 만약 일반인과 같은 시력이었다면 전혀 인지하지 못하고 지나쳤을 만큼 제대로 위장을 시킨 그런 상자였다.

'뭐지?'

 조금 전, 상자의 한 부분이 반짝이는 걸 본 것 같았다.

 그렇다면?

 이민준은 시력을 더욱 높여서 상자를 확인했다. 그러자 카메라의 렌즈처럼 보이는 사물이 눈에 띄었다.

 조심스럽게 사물을 살폈다.

 상자는 위장포에 덮여 있었는데, 놀랍게도 상자의 뚫린 부분을 통해 보이는 건 카메라의 렌즈였다.

뭔가 번뜩하는 생각이 들었다.

상자를 확인해 봐야 할 것 같았다.

타닥-

이민준은 서둘러 움직였다.

끼이익! 탁-

길을 돌아 하천의 건너편에 차를 세웠다.

공터에서 확인한 상자의 위치였다.

저걱- 저걱-

이민준은 경사진 언덕을 올라 수풀이 우거진 쪽으로 향했다.

'이거다.'

자세히 보니 커다란 상자였다.

허리를 숙여 아까 봤던 구멍에 있던 게 카메라 렌즈가 맞는지를 확인했다.

'맞네.'

역시나 예상했던 것처럼 이건 카메라가 담긴 상자였다.

이민준은 고개를 옆으로 틀어 카메라의 방향과 조금 전 있었던 공터의 방향을 비교해 보았다.

다행스럽게도 렌즈의 방향이 공터 쪽을 향하고 있었다.

물론 확실한 건 영상을 확인해 봐야 알 것 같았다.

'제발 작동하는 거면 좋으련만……'

다시금 고개를 들어 상자의 전체적인 부분을 확인했다.

녹색 위장포와 풀잎 같은 것들을 이용해 숨겨 놓은 거였는데, 뒤쪽에 작은 경고 표지가 붙어 있었다.

이민준은 경고 표지의 내용을 확인했다.

〈이 상자는 하천의 생태를 확인하기 위해 설치한 카메라입니다. 시의 허락을 받아 설치한 장비이며, 설치자의 동의 없이 상자를 훼손하거나 장비를 건드릴 시 엄중히 처벌하겠습니다.〉

일반적인 경고문과 다를 바가 없는 문구였다.

크게 신경 쓸 필요가 없다는 소리다.

이민준은 경고 표지의 아래쪽을 확인했다.

지금 중요한 건 이 장비를 설치한 쪽이 어딘지를 알아내는 거니까.

'자연 생태 보호 협회라…….'

다행히 전화번호가 적혀 있었다.

이민준은 서둘러 휴대 전화기를 꺼냈다. 장비를 설치한 사람과 통화를 하기 위함이었다.

저걱- 저걱-

이민준은 허름한 컨테이너 앞에 섰다.

빠른 자들 • 101

'자연 생태 보호 협회'라는 명패는 녹이 슨 문 옆에 달려 있었다.

상자가 설치된 곳에서 고작해야 5분도 안 되는 거리였다.

자연 생태 보호 협회라는 곳은 주로 이곳 하천을 활동 무대로 하는 단체 같았다.

고개를 흔들었다.

그건 그다지 중요한 게 아니니까.

똑똑-

이민준은 컨테이너의 문을 두드렸다.

그러자,

"누구세요?"

막걸리 한 사발을 제대로 들이켠 것 같은 걸쭉한 목소리가 들려왔다.

이민준은 말했다.

"조금 전 통화한 사람입니다. 책임자를 만나고 싶어서 왔습니다."

투겅- 투겅-

컨테이너 안쪽에서 무거운 발소리가 들렸다.

쩔꺽-

그러고는 문이 열리며 수염이 덥수룩한 사내가 얼굴을 내밀었다.

"무슨 일입니까?"

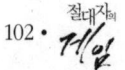

사내가 경계심 가득한 눈으로 물은 거였다.

"저쪽 하천에 설치하신 카메라에 대해서 묻고 싶어서 왔습니다."

"그게 왜요? 시에서 허락받고 하는 건데 문제 있습니까?"

"아니요. 그런 건 아니고요. 혹시 작동하는 카메라입니까?"

"그럼, 작동하니까 가져다 놨지요. 왜요? 뭐 환경에 문제 될 일이라도 벌인 거요?"

"아니요. 그런 건 아닙니다."

"그럼 뭐 때문에 그러는 건데요?"

"그 근처를 조사하고 있는데, 혹시 영상을 좀 얻을 수 있을까 해서요."

사내가 거친 눈으로 이민준을 위아래로 훑었다. 그러고는 말했다.

"그게 무슨 시청의 CCTV 같은 건 줄 아나? 자연 보호를 위해 설치한 겁니다. 다른 사람의 프라이버시를 침해하기 위해 설치한 게 아니라는 소리지."

사내가 입술을 삐죽이며 문을 닫으려고 했다.

턱-

이민준은 서둘러 손을 뻗어 닫히려는 문을 잡았다. 그러자 사내가 눈을 번뜩였다.

겁을 주려는 목적이었던 것 같았다.

빠른 자들 • 103

뭐, 그런 걸로 위축될 일은 전혀 없다.

대신 이 사내와 각을 세워서 좋을 것도 없으니까.

이민준은 최대한 침착한 표정으로 말했다.

"평소에 자연 보호에 관심이 많았습니다. 선생님처럼 민간단체로 활동하시는 분들도 존경하고요."

"입바른 말로 나를 설득하려는 겁니까? 나 그런 말에 넘어갈 사람 아닙니다."

"물론입니다. 제가 감히 어떻게 선생님을 평가하겠습니까? 단지 저는 혹시나 자연 보호를 위해 노력하시는 선생님께 도움이 될 수 있을까 여쭙는 겁니다."

"뭐, 뭐를요?"

도움이란 말에 사내가 살짝 주춤했다.

이민준은 변함없는 표정으로 말했다.

"혹시 후원 같은 것도 받으시나요? 이렇게 훌륭하신 일을 하시는데 작은 도움이라도 드리고 싶거든요."

순간 사내의 눈이 흔들렸다.

이럴 땐 쐐기를 박아 주는 게 최고다.

"제가 괜한 이야기를 꺼낸 건가요? 선생님께 부담을 드리자고 한 이야기는 아닙니다."

이민준은 그러면서 문에서 슬쩍 손을 떼었다. 관심이 없다면 지금 당장 돌아가겠다는 듯 말이다.

그러자,

"자, 잠깐 들어오시겠습니까? 뭐 시원한 거라도 한잔하시겠어요?"

사내의 표정이 빠르게 바뀌었다.

잘각-

이민준은 CD를 내밀었다. 하천 근처에 있던 카메라에 찍힌 영상이 담긴 사본이었다.

"우와! 이걸 환경 단체에서 얻어 오셨다는 말씀이시죠?"

지혁수가 재밌다는 표정으로 물은 거였다.

이민준은 웃으며 대답했다.

"네. 사무장이라는 분에게 얻어 왔습니다."

"수완이 정말 대단하시네요."

"덕분에 환경 후원금도 500만 원 정도 지원해 드렸죠."

"어이구! 속 쓰리시겠습니다."

아버지를 죽인 범인을 잡는 일이었다.

그보다도 더 많은 돈을 내더라도 필요한 거라면 구할 수도 있다는 뜻이었다.

그럴 만큼 이종준을 찾아내는 건 이민준에겐 중요한 일이니까.

물론 이런 이야기를 지혁수에게 할 필요는 없었다.

"속이 쓰리다니요. 저 이래 봬도 환경 보호에 관심이 많은 사람입니다. 우리의 하천을 보호해야죠."

"하하하! 알겠습니다."

이민준의 너스레에 지혁수가 방긋 웃으며 CD를 재생했다.

야간 촬영을 위해서 야간 투시 기능을 탑재한 카메라라고 들었다.

그 덕분이었는지 화면은 회색과 검은색이 섞인 장면으로 이루어져 있었다.

일반적인 컬러 화면은 아니란 소리였다.

촬영 시점이 밤이었으니 말이다.

"어디 보자."

지혁수가 화면 위쪽에 표시된 시간을 확인하며 영상을 돌렸다.

그러자 하천 건너 공터로 차가 한 대 들어오는 게 보였다.

조금의 시간이 흘렀다.

또 다른 차가 들어왔고, 양쪽 차에서 내린 운전자들이 뭔가 이야기를 나누는 모습이 보였다.

물론 거리가 있고, 화질이 좋지 않았기에 대략적인 윤곽으로 판단해야 했다.

그럼에도 문제없이 사람의 형상을 확인할 수 있다는 건 정말 행운이었다.

잠시 후 늦게 들어온 차가 사라졌고, 혼자 남은 사내가 주변을 두리번거리는 것 같았다.

그러다가,

"어?"

지혁수가 화들짝 놀란 눈으로 화면을 뚫어져라 쳐다봤다.

어디에서도 보이지 않았던 사람이다.

그런 사람이 느닷없이 나타나서는 이종준을 뒤에서 안는 것처럼 보였다.

"이거야 원, 화질이 이러니 무슨 사람들이 순간 이동을 하는 것처럼 보이네요."

지혁수가 고개를 갸웃하며 한 말이었다.

"흐음."

이민준도 살짝 놀라긴 했지만, 역시나 화질 문제일 수도 있었다.

이민준은 계속해서 화면에 집중했다. 그러자 화면 속 사내 하나가 다른 사내를 둘러업고 있었다.

지혁수가 크게 숨을 내뱉으며 말했다.

"역시 납치였군요. 그런데 대체 어떻게 옮긴 걸까요?"

궁금해하는 건 당연한 일이었다.

지혁수는 이종준의 행방을 알아낸 이후, 주변의 CCTV를 모두 분석했었다.

덕분에 이종준의 차가 저곳 공터로 향한 것을 확인했었다.

문제라면 그 이후였다. 이종준과 그의 차가 감쪽같이 사라진 거다.

그렇게 생각할 때였다.

"이거 보세요, 이 대표님. 보트입니다."

지혁수의 말처럼 하천을 가로질러 나타난 보트가 조금 전 쓰러진 사내를 싣고 있었다.

"그래! 이러니까 내가 못 찾았지!"

이제야 상황이 어떻게 돌아가는지를 알겠다는 듯 손뼉을 친 지혁수가 서둘러 메모지에 시간을 기록했다.

그러는 사이, 화면 속 사내가 움직이며 이종준의 차를 하천 쪽으로 밀어 버렸다.

"아하! 차는 하천에다가 처박아 버린 거네요."

이민준은 고개를 끄덕였다.

이제야 이종준과 이종준의 차가 사라진 이유를 알게 된 거다.

그것도 환경을 보호하기 위해 일을 하는, 하지만 영상에는 그다지 관심이 없었던지 녹화된 테이프에 날짜만 적어서 처박아 두고 있던 사무장의 도움을 받아서 말이다.

사각- 사각-

메모를 끝낸 지혁수가 이민준을 보며 말했다.

"저는 잠시 서울을 다녀오겠습니다. 행방을 알았으니, 같은 시간대에 하천 쪽과 관련된 CCTV를 뒤져 보면 이들의 행방을 찾을 수 있을 겁니다."

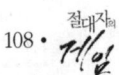

이민준은 고개를 끄덕이며 대답했다.

"알겠습니다. 연락 기다리고 있겠습니다."

"그럼."

인사를 마친 지혁수가 서둘러 밖으로 나갔다.

따각- 따각-

사무실로 돌아온 이민준은 환경 협회에서 구해 온 영상을 계속해서 돌려 보았다.

이 사람은 대체 어디서 나타난 거지?

이종준을 납치한 사내는 말 그대로 느닷없이 나타난 거다.

이건 정말 이해가 되지 않았다.

분명 주변에는 어떠한 움직임도 없었다.

아까도 확인한 거지만 영상의 화질이 그렇게 좋은 건 아니었다.

자칫 바람에 잡초라도 흔들리면 주변 영상이 가려지기도 할 정도였으니 말이다.

하지만 그렇다고 해도 사람이 저렇게 순간 이동을 하는 것처럼 나타날 수는 없는 거였다.

그렇다면?

이민준은 문득 제임스가 했던 말이 떠올랐다.

그들?

옥포에 있는 아파트 옥상에서 마주쳤던 목소리.

즉, 제임스가 말했던 그들이라면 어쩌면 가능한 이야기일지도 몰랐다.

움직임이 빠른 자들.

이민준 자신도 저들처럼 빠르게 움직일 수 있으니 말이다.

그렇다면 정말 저들이 그들일까?

D.O.D와 관련이 있는?

만약 저들이 D.O.D와 관련이 있다면 지금까지 알고 있던 모든 생각이 무너지는 거다.

적어도 게임과 연관되어 현실을 살아가고 있는 사람은 자신이 유일하다고 생각했으니 말이다.

그러다 섬뜩한 느낌이 들었다.

지금까지 누구도 현실에서 살아남은 유저가 이민준 혼자라는 말을 해 준 적은 없었으니까.

그렇다면 정말 저들이 게임과 관련이 있는 사람들일까?

그렇게 생각할 때였다.

드으으으-

때마침 책상 위에 올려놓았던 휴대전화가 울렸다.

지혁수였다.

"네, 지 사장님."

(이 대표님, 찾았습니다. 놈들이 배를 세우고 이종준 씨를 차에 태우는 영상 말입니다.)

"그래요? 그럼 그들의 최종 목적지도 찾으신 건가요?"
(그렇습니다.)
"지금 바로 주소를 문자로 주실 수 있습니까?"
(그렇게 하겠습니다.)
그래! 좋아!
이번에야말로 이종준의 위치를 찾은 거다!
띡-
통화 종료 버튼을 누른 이민준은 서둘러 사무실을 벗어났다.

주차장에 세워 놓은 승용차로 다가갈 때쯤 지혁수로부터 문자가 날아왔다.
이민준은 서둘러 주소부터 확인했다.
안양이었다.
탁-
차에 타서는 내비게이션으로 위치를 확인했다.
외곽에 따로 떨어져 있는 건물이었다.
위치를 알았는데 망설일 이유가 뭐가 있을까?
시동을 건 이민준은 액셀러레이터를 강하게 밟았다.

끼이익-
차를 세운 곳은 목적지에서 조금 떨어진 장소였다.

만약 자신과 비슷한 능력을 가진 자들이 건물 안에 있다면 최대한 조심을 해야 하는 게 맞는 거다.

그렇지 않고 무턱대고 차를 몰고 갔다가는 정체 모를 놈들에게 공격을 당할 수도 있으니 말이다.

차에서 내린 이민준은 빠르게 옷을 갈아입었다.

어두운 계열의 운동복과 얼굴을 가릴 수 있는 검은색 모자였다.

그리고 거기에 마스크까지 쓰면 끝!

어둑해지는 시간대였기에 이런 복장은 상대의 눈을 속이기에 안성맞춤이었다.

모든 준비를 마친 이민준은 조심스럽게 건물이 있는 방향을 향해 움직였다.

얼핏 보면 운동을 하는 사람처럼 보일 터였다.

매연을 막기 위해 마스크를 쓰고, 어두운 색 운동복을 입은 채로 도로변을 뛰고 있었으니 말이다.

이민준은 서서히 속도를 높이며 멀리 보이는 건물을 살폈다.

지혁수가 알려 준 장소였는데, 이곳에 와서 보니 3층짜리 건물이었다.

향상된 시력은 엄청난 줌 기능이 달린 카메라처럼 건물의 모든 부분을 명확하게 확인할 수 있었다.

외부를 지키는 감시 인원은 없었다.

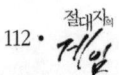

그렇다면 감시 장비는?

다시 한 번 확인한 결과, 입구에 달린 카메라와 옥상에 달린 2개의 감시 카메라가 전부였다.

'빠르게 접근하면 내 움직임을 알아채지는 못하겠지?'

건물 안으로 침투하는 게 어려운 일은 아니란 소리였다.

하지만 안으로 침투한 다음은?

그건 조금 다른 문제였다.

적들의 숫자가 모두 몇 명인지도 모른 채로 정문으로 들어설 순 없었다.

어떻게 하지? 여기서 발길을 돌려야 할까?

아니, 그건 있을 수 없는 일이었다.

간신히 저들의 위치를 알아냈다.

그렇다면 최대한 빨리 이종준이 잡혀 있는 장소가 저 건물이 맞는지를 확인해야 했다.

그렇지 않고 시간을 끌었다가는 이종준의 행방을 또다시 놓칠 수도 있으니 말이다.

후욱- 후욱-

오른손이 서서히 달아올랐다.

이종준은 아버지의 죽음에 직접적인 연관이 있는 자다.

그런 자가 있을지도 모를 장소를 눈앞에 두고 발길을 돌릴 수는 없는 노릇이었다.

'일단은 가 보자.'

결심을 굳힌 이민준은 도로를 벗어났다.

건물의 감시 장비가 찍을 수 없는 위치로 접근하기 위해서였다.

'좋아.'

완벽하게 사각지대로 들어섰다. 그러고는 최대한 속도를 높였다.

상당한 속도가 붙은 후 바로 바닥을 박차며 재빠르게 공중을 향해 도약했다.

이미 주변에 사람이 없음을 확인한 후였다.

몸이 하늘을 향해 강하게 솟구치는 듯하다가, 이내 중력의 영향을 받으며 아래쪽으로 떨어지기 시작했다.

이민준은 발아래를 확인했다.

건물의 옥상이었다.

'됐어!'

최대한 몸을 웅크린 이민준은 바닥을 굴러 소음을 최소화시켰다.

타다다닥-

바닥에서 서너 번을 더 구른 후였다.

착-

이민준은 마치 스파이더맨과 같은 착지자세로 빠르게 주변을 둘러보았다.

별다른 반응은 없었다.

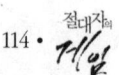

옥상에서 내려가는 문 쪽을 바라보았다. 역시나 접근을 하는 사람은 없었다.

그렇다는 건 완벽하게 침투를 했다는 뜻이리라.

서둘러 몸을 일으킨 이민준은 최대한 소음을 줄이며 옥상의 문 쪽으로 다가갔다.

잘칵-

스으윽-

혹시나 하는 마음으로 손잡이를 돌렸는데 뜻밖에도 문이 열리고 말았다.

'잠그지도 않았다고?'

이민준은 순간 멈칫할 수밖에 없었다.

경호가 너무 허술했다.

이럴 수가 있을까?

아니지.

그러다 또 다른 생각이 들었다.

이종준이 엄청나게 중요한 인물은 아니지 않은가?

그자가 무슨 국가의 수장도 아니고, 그렇다고 대기업의 총수도 아니니 말이다.

더군다나 상대는 빠른 움직임을 가진 자들이었다.

만약 자신과 비슷한 능력을 가지고 있다면…….

그런 자들을 누가 쓰러트릴 수 있을까?

잠시 고민이 일었다. 그러고는 이내 고개를 흔들었다.

아무리 그렇다고 해도 확인을 해 볼 필요는 있었다.

이민준은 혹시나 하는 마음에 옥상에 설치된 감시 카메라 쪽으로 다가갔다.

제대로 작동을 하고 있는지를 보기 위해서였다.

'음?'

자세히 보니 감시 카메라와 연결되어 있어야 할 전원선이 끊어져 있었다.

그뿐인가?

영상을 전송하기 위해 연결되어 있어야 할 데이터 케이블마저 끊어진 상태였다.

감시 장비를 모두 회수했다는 소리다.

'이런!'

이민준은 그제야 자신이 한발 늦은 건 아닐까 하는 생각을 했다.

상태가 이럴 정도라면 그들이 이 건물을 버렸다는 말이 된다.

"후우."

숨을 크게 내뱉은 이민준은 서둘러 움직였다.

옥상에서 건물로 들어가는 문이다.

끼익-

조심스럽게 문을 연 이민준은 재빠르게 안으로 들어섰다.

3층에서 1층까지 모든 사무실을 확인했다. 어느 곳 하나 빠지지 않고 텅텅 비어 있는 상태였다.

그렇다면 건물을 잘못 찾아온 걸까?

아니, 그건 아니었다.

얼마 전까지만 해도 사람이 있었던 흔적이 여기저기에 남아 있었으니까.

'망할!'

한발 늦고 만 거다.

속이 부글부글 끓었다.

이민준은 고개를 흔들며 건물의 입구 쪽으로 향했다.

'음?'

그러다 문득 지하로 내려가는 계단 쪽으로 시선을 돌렸다.

건물을 버리고 사라진 놈들이 지하에 뭔가를 남겨 놓기나 했을까?

쓸데없는 일이 아닐까 하는 생각이 들기도 했지만, 그렇다고 그냥 지나치기도 찜찜했다.

확인하는 데 드는 건 조금의 시간이 전부니까.

결심을 굳힌 이민준은 서둘러 지하 쪽으로 내려갔다.

찰칵-

지하에 다다라서는 벽 쪽에 있는 전기 스위치를 눌렀다.

다행히 건물에 전기가 끊기진 않았는지 형광등이 주변

을 밝혔다.

시선을 옆으로 돌렸다.

계단 옆에는 철로 된 문이 굳게 닫혀 있었다.

'어?'

그러다 문득 이민준의 눈에 띈 것이 있었다. 그리고 그건 다름 아닌 쇠사슬에 연결된 굵직한 열쇠였다.

지하로 들어가는 문을 단단하게 잠근 거다.

'건물을 완전히 비운 게 아니라, 그거지?'

이민준은 순간 머릿속을 환하게 비추는 희망의 빛을 본 기분이었다.

놈들이 뭔가를 남겼다면 확실하게 확인을 하고 가야 하는 게 맞는 거다.

철컹-

단단하게 잠긴 자물쇠를 손으로 잡아당겨 보았다.

이 정도라면?

주먹으로 부술 수도 있겠지만, 자칫 상처를 입을 수도 있으니 뭔가 도구를 찾아야 했다.

조심해서 나쁠 건 아무것도 없는 거다.

이민준은 서둘러 2층 사무실로 달렸다. 아까 그곳에서 철재 책상 다리를 봤기 때문이다.

2층을 다녀오는 데는 고작해야 3초도 걸리지 않았다. 다

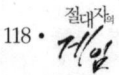

시금 굳게 잠긴 지하의 문 앞에 선 거다.

이민준은 망설임 없이 철재 책상 다리를 휘둘렀다.

철컹- 팡!

불꽃이 번쩍이며 마른 나뭇가지가 부러지듯 자물쇠와 연결된 쇠사슬이 부서졌다.

그러면서 문을 칭칭 감고 있던 쇠사슬이 흘러내렸다.

끼익-

이민준은 혹시 모를 공격에 대비하며 조심스럽게 문을 열었다.

"흡!"

순간 지하에 갇혀 있던 심한 악취가 얼굴로 훅! 하고 달려들었다.

쾌쾌한 냄새였다.

이민준은 잠시 숨을 골랐다. 진심으로 역한 냄새 때문이었다.

아주 조금의 시간이 지났다. 그러고는 문을 활짝 열어 안으로 발을 들였다.

누군가 불을 켜고 나갔던지 안쪽은 어둡지가 않았다.

타닥-

지하로 완전히 들어선 후였다.

넓은 지하의 중앙에 있는 무언가가 가장 먼저 시야에 걸렸다.

"아!"

이민준은 의자에 묶여 죽은 듯 축 늘어져 있는 것이 사람임을 직감했다.

불길한 생각이 머릿속을 한차례 쓸고 지나갔다.

죽은 걸까?

확인해 봐야 했다.

이민준은 서둘러 중앙으로 다가갔다.

"이봐요. 이거 봐요."

의자에 묶여 있는 사람은 남자였다.

어찌나 심하게 얻어터졌던지 얼굴은 엉망이었고, 온몸에는 피가 굳어 시커멓게 보일 정도였다.

끔찍한 상태였다.

이민준은 손을 들어 사내의 코 근처에 가져다 대 보았다.

수욱- 수욱-

미약하게나마 호흡이 느껴졌다.

'살아 있구나!'

다행이라는 생각이었다.

"이거 봐요. 정신 차려 봐요."

조심스럽게 사내의 어깨를 흔들었다.

"끄으으! 무울… 무울 좀… 흐으!"

그러자 사내가 움찔거리며 말했다.

이민준은 물어보지 않아도 이 사내가 이종준임을 직감

할 수 있었다.

대체 얼마 동안 갇혀 있었던 걸까?

내버려 뒀다가는 정말 죽어 버릴 것 같았다.

이종준에겐 미안한 말이지만 이런 식으로 죽어서는 안 될 일이었다.

"조금만 기다려요. 차를 가지고 올게요."

"아, 안 돼. 나알, 나알 버리지 마요."

이종준의 몸이 부르르 떨렸다. 지하에 갇힌 채로 갖은 고초를 다 겪은 모습이었다.

"안 버립니다. 그러니 걱정하지 마세요. 하지만 이대로 옮겼다가는 상태가 더 안 좋아질 수 있으니 조금만 참아요. 차를 가지고 올게요. 물도 가져오고요."

"흐으! 제발… 제에발 살려 줘요."

안타까운 모습이었다. 하지만 그것보다 시간을 끄는 게 더욱 좋지 못한 거다.

결심을 굳힌 이민준은 서둘러 문밖으로 달렸다.

막 건물 1층으로 올라왔을 때였다.

끼이익-

차가 서는 소리와 함께 밝은 빛이 정면에서 달려들었다. 승용차에서 비추고 있는 헤드라이트였다.

'이런!'

이민준은 이종준을 납치한 자들이 나타났음을 직감했다.

'마무리라도 하러 온 건가?'

그렇지 않고서야 이 건물을 방문하는 누군가가 느닷없이 들이닥칠 리가 없을 테니까.

"당신 뭐야?"

차에서 가장 먼저 내린 사람이 소리쳤다.

탁- 타닥-

그 뒤를 따라 검은 양복을 입은 2명의 사내가 더 내렸는데, 총 3명의 사내였다.

이민준은 빠르게 생각을 정리했다.

설마 이종준과 상관없는 사람들은 아니겠지?

아무리 봐도 건물이나 처분하러 온 부동산 업자처럼은 안 보였다.

누가 봐도 한가락 하게 생긴 것이 전문직종에 종사하는 사람들 같았다.

이럴 땐 선 행동 후 조치다!

이민준은 저들을 향해 빠르게 쇄도했다.

그러자,

"이익!"

"어딜!"

화다닥- 파닥-

사내들은 일반적인 인간의 움직임을 뛰어넘는 속도로 서

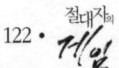

있던 자리를 피했다.

적어도 그 정도는 예상하고 있으니까.

타닥-

이민준은 빠르게 발을 굴렀다.

방향을 바꾸기 위해서였다.

휙-

자세를 바꾸며 사내들을 훑었다.

"뭐야?"

"이런 씨!"

오히려 당황을 한 건 저들이었다.

그렇다면 기회는 이때뿐이다!

타닥-

이민준은 가장 가까이 있는 사내를 향해 무릎 공격을 날렸다.

퍼억-

공격은 정확히 사내의 복부에 가서 꽂혔다.

"컥!"

경황이 없는 상황이었기에 사내는 막을 생각을 하지 못한 것 같았다.

콰당-

사내의 몸이 크게 들리며 뒤로 날아갔다.

속도가 더해지며 파괴력이 배가 된 거다.

획-

이민준은 바로 방향을 틀었다.

그때였다. 시커먼 발이 머리를 향해 날아왔다.

팍-

반사적으로 팔을 들자 강한 충격이 전해졌다.

어느새 정신을 차린 나머지 사내들이 빠르게 공격을 해서 들어온 거였다.

이민준을 포함한 3명 다 굉장히 빠른 움직임으로 공격을 주고받기 시작했다.

획- 획-

주먹과 발길질이 연속해서 이뤄졌다.

파바박- 파닥-

퍽!

"크흑!"

움직임이 어찌나 빠르던지 모든 것이 생각을 앞서가고 있었다.

이럴 땐 반사 신경과 직감을 믿어야 한다.

퍽- 퍽-

팍- 파박-

여섯 번의 발길질과 열 번의 주먹질을 팔과 몸으로 막은 후였다.

물론 막은 것도 있고, 어쩔 수 없이 몸을 내줘야 할 상황

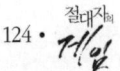

도 있었다.

"크흑!"

이민준은 크게 뒤로 물러나며 사내들을 경계했다.

놈들의 주먹이 생각보다 매웠다.

"이런 씨."

"퉤!"

사내들도 팔과 다리를 조심스럽게 주무르며 이민준의 주변을 돌았다.

그런 와중에도 이민준은 두 사내의 표정을 확실하게 읽었다. 저들의 눈에는 의아함이 가득 담겨 있었다.

'그렇다는 건 나에 대해서 전혀 알지 못한다는 거겠지?'

그건 다행인 일이었다.

저들에게 뭐라도 물어보면 대답이라도 해 줄까?

아니.

그런 걸 기대하기보단 일단은 눕혀 놓고 캐묻는 게 빠를 것 같았다.

타닥-

이민준은 두 번 생각할 것 없이 적들을 향해 달려들었다.

제5장

파워 슈트

가장 가까이에 있던 사내가 화들짝 놀라며 몸을 틀었다.
'그것도 예상했다!'
이민준은 사내가 피하는 방향을 향해 공중에 뜬 공을 차듯 오른발을 휘둘렀다.
빡-
"큽!"
발차기가 적중한 곳은 사내의 허벅지 부분이었다.
이민준이 노린 곳은 사내의 옆구리였지만, 사내가 반사적으로 몸을 띄우며 다리를 들어 올린 거였다.
굉장한 반사 신경이었다.
이민준은 서둘러 몸을 돌리며 다리를 회수하려 했다.

"합!"

쉬욱-

그와 동시에 옆쪽에서 날카로운 것이 번뜩였다.

다른 사내가 찌르고 들어온 거였다.

"크윽!"

이민준은 반사적으로 허리를 틀었지만, 등 쪽에서 화끈한 기운이 느껴지는 건 어쩔 수가 없었다.

그런다고 당하기만 할까?

이민준은 몸이 도는 회전력을 이용해 팔꿈치로 상대의 얼굴을 가격했다.

퍼억-

사내의 몸 또한 공중에 뜬 상태였다.

"어억!"

콰스스스-

이것까진 예상하지 못했던지 얼굴을 강타당한 사내가 잔뜩 인상을 찌푸린 채로 나가떨어졌다.

그대로 정신을 잃고 만 것이다.

이민준이 재빨리 중심을 잡으며 처음 공격을 했던 사내를 찾으려 할 때였다.

"으아아!"

후웅-

어느새 두꺼운 나무 봉을 주워 들었던지 크게 원을 그린

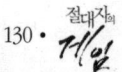

나무 봉이 이민준의 복부를 향해 날아들었다.

"이익!"

칼을 든 사내를 상대하느라 자세가 제대로 잡히지 않은 탓이 컸다.

퍼억-

이민준은 배에 강한 충격을 받으며 몸이 크게 뒤로 밀리고 말았다.

건물의 벽 쪽이었다.

피해를 최소화해야 했기에 벽에 등이 부딪칠 수 있도록 최대한 몸을 틀었다.

콰등-

전해지는 힘이 어찌나 강했던지 건물의 벽이 부서지며 돌가루가 흩날렸다.

"쿨럭!"

배 속이 진탕된 것처럼 아픈 기침이 올라왔다.

정신이 얼얼했다.

그렇다고 널브러져 있을 수는 없는 노릇이었다.

'안 돼!'

이민준은 어금니를 꽉 깨물고는 집중력을 끌어 올렸다.

정신이 아득한 지경에도 섬뜩한 감각이 온몸에 경종을 울리고 있었기 때문이다.

아니나 다를까?

후웅-

커다란 나무 봉이 정면에서 날아들었다.

'이익!'

이민준은 최대한 짧은 움직임으로 어깨를 움츠리며 머리를 옆으로 틀었다.

그와 동시에,

콰악-

나무 봉이 이민준의 볼을 스치며 벽 안으로 쑥 하고 박히고 말았다.

하마터면 머리가 터질 뻔한 거다.

가슴속이 철렁한 것도 있었지만, 그와 동시에 뜨거운 분노가 치밀어 올랐다.

'이 새끼!'

이민준은 재빠르게 몸을 굴렸다. 그러고는 탄력을 이용해 바닥을 짚고는 자리에서 일어났다.

사내 또한 이민준의 움직임을 주시하고 있었던 게 분명했다.

"흐압!"

놈은 반격의 기회를 주지 않겠다는 듯 이민준을 향해 빠르게 달려들었다.

쉬시식-

시커멓고 기다란 것이 원의 궤적을 그리며 마구 쏟아졌다.

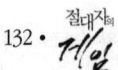

파박- 파바박-

이민준은 팔과 다리를 이용해 놈이 휘두르고 있는 딱딱한 몽둥이들을 막아야 했다.

'젠장!'

놈이 손에 들고 있는 건 다름 아닌 진압봉이었다. 허리춤에 차고 있던 걸 이제야 꺼낸 모양이었다.

화끈하고 뜨끈한 통증이 여기저기에서 올라왔다.

아프다기보단 의심이 들었다.

아무리 진압봉을 사용한다고 해도 이렇게까지 자신을 몰아세우다니?

파바박-

그러나 지금 급한 건 진압봉에 대한 의심보다는 적들을 쓰러트리는 게 우선이었다.

아득-

어금니를 꽉 깨물었다.

내가 당하기만 할까 봐?

타닥-

이민준은 쏟아지는 진압봉을 온몸으로 맞으며 사내의 품으로 파고들었다.

"어어?"

전혀 예상하지 못했던지 사내가 팔을 허둥댔다.

퍽-

이민준은 밀고 들어간 힘 그대로 사내의 가슴팍을 들이받았다.

"큭!"

갑작스레 충격을 받은 사내는 크게 뒤로 밀리며 넘어지지 않으려 팔을 휘저었다.

기회다!

진압봉에 얻어맞은 팔과 다리가 저렸지만, 전투 중엔 그딴 거 신경도 쓰이지 않는 거다.

"흐아압!"

퍼버벅- 퍽퍽-

순식간에 사내에게 다가간 이민준은 놈의 배와 가슴을 향해 여러 차례 주먹을 날렸다.

엄청난 속도가 가미된 펀치였다.

"푸흡!"

어찌나 강하게 충격을 받았던지 놈이 분무기처럼 공중을 향해 피를 뿌리고 말았다.

그러게 덤비지를 말았어야지!

망할 자식아!

이민준은 놈의 다리를 강하게 말아 찼다.

그러자,

빠악-

"끄아악!"

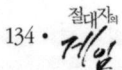

뼈가 부러지는 소리와 함께 놈이 바닥으로 무너지고 말았다. 제대로 끝장을 낸 거였다.

"후우!"

이민준은 빠르게 주변을 둘러보았다.

복부를 맞아 나가떨어진 놈과 팔꿈치에 얼굴을 가격당한 놈은 이미 정신을 잃은 지 오래였다.

그렇다면 우선은 정신을 차리고 있는 놈부터 제압하는 게 순서인 거다.

"끄으으!"

이민준은 신음하고 있는 놈의 옷을 뒤졌다.

'오호!'

누군가를 납치할 때 사용하려고 넣어 놓았던지 놈의 양복 안주머니에서는 기다란 케이블 타이가 한 움큼 잡혀 나왔다.

잘된 거다.

짜륵-

이민준은 고통에 몸부림치고 있는 놈의 팔과 다리를 케이블 타이로 묶었다.

일단은 정신을 차리고 있어야 심문을 할 테니 말이다.

"크윽! 뭐, 뭐 하는 짓이야?"

사내가 반항을 하며 화를 냈지만, 그딴 건 신경도 쓰이지 않았다.

발길을 돌린 이민준은 쓰러진 두 사내의 팔과 다리도 케이블 타이를 이용해 묶어 버렸다.

놈들이 깨어나더라도 반항은 꿈도 꾸지 못할 거다.

그러고는 기절한 두 사내를 질질 끌어 정신을 차리고 있는 사내 옆에 나란히 눕혀 주었다.

'후우! 망할 자식들.'

느닷없이 나타나서 사람을 골치 아프게 만든 놈들이다.

대체 네놈들의 정체가 무엇이냐?

이민준은 신음하고 있는 사내에게 가까이 다가갔다.

그러자,

"풰! 크윽! 대체 파워 슈트를… 끅! 누가 제공한 거지?"

사내가 인상을 찡그리며 내뱉은 말이었다.

파워 슈트? 이건 또 무슨 말이지?

고개를 갸웃한 이민준은 사내를 노려보며 물었다.

"파워 슈트가 뭐야?"

"흥! 다 알면서 그런 걸 물어? 크윽!"

잠시 고개를 옆으로 돌린 사내가 이내 이민준을 위아래로 훑어보더니 말을 이었다.

"아니면 넌 약물만 사용한 거야?"

놈은 의외라는 듯한 눈빛을 보내고 있었다.

약물이라니?

점점 모를 말만 하고 있었다.

그러다 문득 번뜩이는 생각이 들었다.

'파워 슈트라고 그랬지?'

그건 분명 아버지의 연구 자료에서 봤던 첨단 슈트의 일종이었다.

나노 기술을 이용한 최첨단 슈트.

'설마?'

촤악-

이민준은 양손으로 사내의 와이셔츠를 열어젖혔다.

아니나 다를까?

사내는 피부색과 회색이 섞인 이너웨어를 입고 있었다.

'이게 파워 슈트라고? 이거 때문에 움직임이 그렇게 빠를 수 있었다고?'

이럴 수가!

이건 아버지의 연구 자료에서 완성되지 않은 이론으로만 남아 있었다.

그런데 이걸 현실화시켰다고?

이민준이 묘한 표정을 짓자 사내가 코웃음을 치며 말했다.

"거봐. 쿨럭! 다 알고 있으면서… 큭! 그런 걸 물어?"

이 새끼가?

이민준은 사내를 정면으로 바라보며 물었다.

"네놈들이 빠르게 움직이는 게 다 이거 때문이라, 이거지?"

"안 그러면? 크읔! 내가 무슨 슈퍼맨이라도, 흐윽! 되는 줄 알아?"

뭔가 묘한 기분이었다.

'그래. 그러면 그렇지.'

역시나 게임을 통해 능력을 얻은 사람은 현재로서는 이민준이 유일하다는 말과 같았다.

하지만 이해가 가지 않는 것도 있었다.

도대체 어떤 존재들이 있어 이런 엄청난 기술을 이용해서 대한민국에서 일을 벌이고 있는 걸까?

이자들은 강경억의 수하들일까? 아니면 장 변호사가 말한 국회의원의 수하들?

와락-

이민준은 사내의 멱살을 움켜쥐며 물었다.

"누구냐? 강경억이 보낸 거야? 아니면 최순직 의원이야? 그것도 아니면 힐트론?"

"크, 크크크큭."

이민준의 물음에 사내가 재밌다는 듯 웃었다.

"뭐야? 뭐가 웃긴 건데?"

"미친! 쿠욱! 뭐가 어떻게 돌아가는지 모르는 널 보고 있자니, 쿨럭! 어이가 없어서 그런다. 크윽!"

"이 새끼가."

"끄윽."

이민준은 놈의 옷자락을 더욱 강하게 움켜쥐었다.

비록 단추가 풀리고 옷이 헐렁해졌다고 해도, 놈은 상처 때문에 강한 압박을 받고 있는 게 분명해 보였다.

고통이라도 줘서 정보를 캐내고 싶었다.

그것도 아니라면 이놈들을 납치해서 이들이 알고 있는 모든 걸 알아내고도 싶었다.

하지만,

"하아! 망할! 이렇게는 싫었는데."

놈이 허탈한 표정으로 중얼거린 말이었다.

"무슨 소리야?"

이민준의 물음에 사내가 모든 걸 포기했다는 듯 말했다.

"이 슈트 말이야. 큭! 후우! 모든 신경에 연결되어 있어. 그 때문에 내가 어떤 상황인지……."

사내가 고갯짓으로 기절해 있는 두 사내를 가리키며 말을 이었다.

"이놈들이 어떤 상황인지를… 쿨럭! 슈트가 알아서 판단한다는 거야."

"그런데?"

"우리가 붙잡혀 있잖아. 그리고 꼼짝달싹하지도 못하는 상황이기도 하고."

이민준은 고개를 끄덕여 주었다.

그때였다.

띠- 띠- 띠-

사내들의 몸에서 알 수 없는 신호음이 울리기 시작했다.

주춤-

이민준은 순간 위험을 감지했다.

피식-

그러자 사내가 미소 지으며 말했다.

"쿨럭! 네가 누구를 상대하고 있는지를, 후우! 넌 전혀 모르고 있는 거야."

그게 끝이었다.

띠띠띠띠-

신호음이 강하게 울렸다.

섬뜩한 기운이 자리를 피하라고 외치는 것 같았다.

곧 주변이 터져 나갈 것 같은 불안감!

"이익!"

이민준은 빠르게 움직여 안전한 곳을 향해 몸을 날렸다. 그러고는 바짝 엎드려 고개를 숙였다. 뭔가 강한 폭발이 일어날 것만 같았기 때문이다.

하지만,

파슥- 파시시-

우습게도 폭발 같은 건 일어나지 않았다.

'불발인가?'

잠시의 시간이 흐른 후였다.

푸스스스-

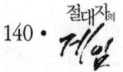

매캐한 연기가 주변으로 번졌다.

'끝이야?'

고개를 든 이민준은 사내들이 누워 있던 쪽을 바라보았다.

"아!"

그곳엔 시커멓게 탄 흔적 3개만이 덩그러니 남아 있을 뿐이었다.

타닥-

이민준은 사내들이 누워 있던 곳으로 다가갔다.

'이게 어떻게?'

믿기 어려운 일이었지만, 사내들은 한 줌의 재가 되어 바람에 날아가 버리고 만 거다.

그렇다는 건?

'파워 슈트가 사내들을 모두 태워 버렸다는 소린가?'

징그러운 소름이 온몸을 감싸는 기분이었다.

'젠장!'

이해할 수 없는 일이었지만, 그렇다고 여기서 답을 찾을 수도 없을 것 같았다.

그리고 지금은,

'이종준!'

구해 내야 할 사람도 있고 말이다.

이민준은 차가 있는 곳으로 달리며 전화기를 꺼내 들었

다. 지혁수에게 도움을 청하기 위해서였다.

띠- 띠이- 띠- 띠이-

조금은 지저분해 보이는 병원의 침대였다.

이민준은 더러운 의사 가운을 입은 사내를 지켜보고 있었다.

"스읍! 후우!"

그는 담배를 꼬나문 채로 침대에 누운 이종준의 몸에 이것저것을 달고 있었다.

조금의 시간이 흐른 후였다.

탁탁-

해야 할 일을 모두 끝냈다는 듯 사내가 손을 털었다. 그러고는 이민준을 돌아보며 말했다.

"몸 상태가 엉망이라 회복하는 데는 시간이 조금 걸릴 겁니다. 얼굴은 성형수술을 받아야 할 거 같고, 뼈는 뭐 금이 안 간 데를 찾는 게 더 빠를 것 같군요."

고개를 흔든 그가 계속해서 말했다.

"탈수가 심하고 정신적인 충격도, 뭐 끔찍한 기억을 안고 살겠지만, 그래도 살긴 할 겁니다. 제가 직접 돌보니까요. 후우!"

탁-

그가 담배꽁초를 바닥에 뱉고는 발로 비벼 껐다.

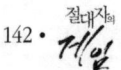

이민준은 그런 그의 행동을 걱정스러운 눈으로 바라보았다. 그러자 그가 웃으며 말했다.

"걱정하지 마세요. 인간의 면역력이 그렇게 형편없지 않습니다. 에헴! 어쨌든 이 사람을 심문하고 싶다면 오늘은 어려울 겁니다. 통증 때문에 강한 진정제를 놨거든요."

"알겠습니다."

이민준이 고개를 끄덕여 주었다.

"그럼 저는 이만."

그러자 사내가 밖으로 나갔다.

잠시 문밖에서 웅성거리는 소리가 들렸다. 지혁수와 대화를 나누고 있는 게 분명했다.

그러고는,

달칵-

문이 열리며 지혁수가 들어왔다.

"등은 좀 괜찮으세요?"

지혁수가 걱정스러운 눈으로 물었다. 칼에 맞아 찢어진 등을 말하는 거다.

이민준은 고개를 끄덕이며 말했다.

"닥터 척척의 솜씨가 꽤 좋은 것 같더군요."

조심스럽게 등을 만져 보았다. 촘촘하게 꿰매진 부위가 느껴졌다.

허술해 보이는 사내였지만 손기술만큼은 정말 뛰어난 사

람이었다.

닥터 척척.

그의 본명은 염태수였다.

지혁수가 감옥에서 만났다던 천재 의사.

물론 감옥을 갔다 오는 바람에 의사 면허도 취소되었고, 폐업을 한 병원 건물에서 불법 의료 행위로 돈을 벌고도 있었지만 실력만큼은 대단한 사람이었다.

지혁수가 말했다.

"태수 형님께 들었습니다. 아무래도 저 친구는 내일까지 푹 자야 할 것 같다는군요."

"알고 있습니다."

"애들을 시켜서 여기를 지키겠습니다. 꽤 은밀한 장소라서 다른 사람들이 쉽게 못 찾을 겁니다."

물론 그렇게 할 수 있었다. 하지만 이민준은 자리를 비우고 싶지 않았다.

"괜찮습니다. 제가 남아 있겠습니다."

"그러시겠습니까?"

"네."

이민준이 고개를 끄덕여 주자 지혁수가 인사를 하고는 밖으로 나갔다.

이민준은 눈가를 좁히며 침대에 누운 이종준을 노려봤다.

'이종준은 파워 슈트에 대해서 알고 있었을까?'

만약 그가 파워 슈트에 대한 정보를 가지고 있다면 그를 통해 많은 의혹을 풀 수 있을지도 몰랐다.

다행히도 그의 신병을 확보했으니 말이다.

하지만 이종준도 모르는 일이라면?

"후우."

이민준은 한숨을 길게 내쉬며 자리에서 일어났다.

쏴아아아!

창밖으로 거센 빗줄기가 쏟아지고 있었다.

막막한 기분이었다.

오늘 상대한 3명의 사내들은 예상외로 막강한 전투력을 가지고 있었다.

빠른 움직임은 물론이고 인간의 힘을 뛰어넘는 대단한 근력까지.

고작 슈트를 입었을 뿐인데 그렇게 엄청난 힘을 낼 수 있다니 놀라울 따름이었다.

'대체 기술이 얼마나 발전한 거지?'

그게 맞는 거라면 꽤 골치 아픈 일이 일어나고 있는 거다.

이민준은 안양에서 부딪쳤던 사내들을 떠올려 보았다. 파워 슈트를 입고 있었던 사내들 말이다.

놈들은 분명 한국 사람들이었다. 생김새는 물론이고 말투 또한 그랬으니 말이다.

그렇다면 그자들은 대번과 관계가 있는 걸까?

강경억은 분명 아버지의 기술을 빼돌렸다.

아버지가 평생을 걸고 연구한 나노테크놀로지를.

그리고 그 기술을 이용해 믿기지 않을 만큼 대단한 슈트를 만들어 내기도 했다.

'아니지.'

이민준은 고개를 갸웃했다.

대번이 파워 슈트를 만들 수 있을 만큼의 종합적인 기술을 가졌는지에 대한 의문이 먼저 들었기 때문이다.

그렇게 생각해 보니 장현식 변호사가 이야기해 준 미국의 군산복합체 힐트론이 떠올랐다.

'그래. 힐트론이라면 가능할지도 몰라.'

장 변호사에게 힐트론에 관한 이야기를 들은 이후, 여러 루트를 통해서 그 회사를 조사해 보았다.

최첨단 무기와 미래 과학 기술의 총아인 무기들을 연구하는 대단한 기업이다.

더군다나 자본력으로 따지면 여느 IT 기업이나 석유 회사들에 버금갈 정도로 막강하기도 했다.

그들이라면 세계 어느 곳이든 탐욕스러운 손을 뻗어 욕심나는 기술을 보유할 수 있을 것이다.

생각이 거기에 이르자 대략적인 흐름이 보였다.

아버지의 기술은 대번을 통해서 최순직에게 흘러갔고, 최순직은 자신의 지위와 인맥을 이용해 힐트론에게 그 기술

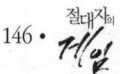

을 팔아먹은 걸 거다.

단순히 대변만의 문제가 아니라는 소리였다.

대한민국 정치인과도 연결된 문제였고, 미국에서 알아주는 거대 기업과도 연결된 문제이기도 했다.

'골치 아프네.'

이민준은 천천히 숨을 내뱉었다.

처음엔 아버지를 살해한 자들에게 복수하려 했던 일이다.

범죄 사실만을 밝혀서 강경억이 아버지를 살해한 죗값을 톡톡히 치러 주면 끝나는 것으로 생각하고 있었다.

하지만 깊게 파고들어 보니 그렇게 단순한 일은 아닌 것 같았다.

쏴아아아!

빗줄기는 더욱 굵어지고 있었다.

"흐음."

이민준은 강하게 지면을 때리는 빗줄기를 뚫어져라 쳐다봤다.

생각했던 것보다 벽이 높아졌다.

어쩌면 사회 전체가, 아니 세계가 술렁이는 일이 될지도 모른다.

더군다나 인간의 한계를 뛰어넘는 적들까지 설치고 있는 상황이 아니던가?

알지 못할 감정이 마음속에서 일었다.

그래서? 무리한 일이니 포기하라고?

웃기는 소리다.

도전은 받아 줘야 제맛이다.

방해물이 많으면 하나씩 제거하면 그만이고 말이다.

꽈득-

이민준은 주먹을 굳게 쥐었다.

'나는 포기하지 않는다.'

다른 것도 아닌 아버지와 관련된 일이다.

무슨 일이 있어도 목적한 바를 이루고 말리라.

어떤 어려움이 있어도 헤쳐 나가리라 이민준은 굳게 결심했다.

그렇게 마음을 먹으며 천천히 등을 돌리려 할 때였다.

"끄으!"

안정제에 취해 잠이 들었다던 이종준이 힘겨운 신음을 내뱉었다.

"어디, 여기는, 흐으, 어디입니까?"

이민준은 이종준에게 다가갔다. 그러고는 고개를 숙여 그와 눈을 마주쳤다.

"흐으으!"

이민준의 얼굴을 알아봤는지 이종준이 고통스러운 표정을 지었다.

이종준은 비록 아버지의 죽음에 깊은 연관을 가지고 있는 사람이었지만 지금은 환자였다.

그리고 앞으로 강경억을 끌어내리는 데 유용하게 사용될 인물이기도 하고 말이다.

'당분간만이라도 내 분노를 누르고 있어야겠지?'

이민준은 최대한 감정을 다스리며 말했다.

"여기는 병원입니다. 발견 당시 몸이 엉망이라서 이곳으로 데려온 겁니다."

"흐으으! 흐으으!"

이민준의 말을 들은 이종준이 미간을 좁히며 신음을 냈다. 뭔가 불안해 보였다.

"왜 그럽니까? 무슨 일이라도 있습니까?"

"벼, 병원, 병원에 있으면 그들이 찾아올 겁니다. 후우! 강회장이 가만히 두지 않을 겁니다."

이민준은 그제야 이종준이 무엇을 두려워하고 있는지를 알아챘다.

'역시 강경억이 이종준을 죽이려 했던 거구나.'

그렇다는 건 분명 이종준이 강경억의 구린 구석을 많이 알고 있다는 뜻이기도 했다.

이건 이민준의 입장에선 매우 다행인 일이었다.

턱-

이민준은 이종준의 어깨를 지그시 잡아 주며 말했다.

"걱정하지 않아도 됩니다. 여긴 일반 병원이 아닙니다. 접

수도 없고, 개인 정보도 유출되지 않습니다."

"그, 그러면……."

"네. 강 회장이나 이종준 씨를 납치한 자들이 찾아올 수 없다는 뜻입니다."

그러자 이종준이 불안한 눈빛으로 이곳저곳을 살폈다.

뭔가를 생각하는 거리라.

그러고는 다시금 이민준을 바라보며 말했다.

"다 알고 있습니까?"

이종준은 잔뜩 겁을 집어먹은 얼굴이었다.

그가 물어보는 내용을 왜 모를까?

이민준은 조금은 무서운 얼굴로 말했다.

"당신이 내 아버지의 죽음에 직접적인 연관이 있다는 것, 그리고 그걸 위해 제임스란 사람을 이용했다는 것도 압니다. 또 정일석의 죽음에도 책임이 있다는 것까지 압니다."

"흐으으! 흐으으!"

이종준이 체념한 듯 숨을 내뱉었다. 그러고는 축 처진 목소리로 말했다.

"사, 살려 주세요. 죽고 싶지 않습니다."

이민준은 최대한 표정을 드러내지 않는 얼굴로 이종준을 바라봤다.

화가 나고 분노가 치솟는 건 어쩔 수 없는 일이다.

눈앞에 있는 자가 아버지의 죽음과 연관이 있는 원수 중 하나이니 말이다.

 하지만 그렇다고 해도 망가진 인간에게 연민이 들지 않는 것 또한 아니었다.

 인간이 이 정도까지 망가지려면 얼마나 괴롭힘을 당해야 하는 걸까?

 닥터 척척이라 불리는 천재 의사 염태수가 한 말이 있었다.

'후우! 이거 진짜 처참하네요. 뭔 고문을 이렇게 심하게 당했을까? 살아 있는 게 신기할 정도네요.'

 그래. 그랬다.

 이종준을 납치한 자들은 이종준이 거의 죽기 직전까지 고문했던 거다.

 물론 이렇게 끔찍한 일을 당했다고 해서 이종준의 죄가 사라지는 건 아니다.

 그 부분에 대해선 이번 일이 끝나는 대로 확실하게 책임을 지게 할 거니까.

 이민준은 고개를 흔들며 말했다.

"당신이 죽기를 바랐다면 그 지하에 버리고 왔을 겁니다."

 잠시 숨을 고른 이민준은 계속해서 말을 이었다.

"그렇다고 당신을 용서하는 것도 아닙니다. 대한민국은 법치국가니까. 당신이 내 아버지를 죽인 죄에 대해선, 그 죗값에 대해선 분명하게 물을 겁니다. 법대로 말이죠."

"흐으! 그, 그럼 나를, 흐으! 살려 주는 겁니까? 쿨럭! 내가 고통받게 버려두지 않을 겁니까?"

"흐음."

대체 얼마나 고통스러웠으면 이럴까?

하기야.

발견되었던 당시를 떠올리면 고통이 사람을 이렇게 변하게 할 수도 있겠구나 하는 생각이 들었다.

이민준은 이종준의 눈을 똑바로 바라보며 말했다.

"그렇게 해 준다면 나에게 협조하겠습니까?"

이민준의 물음에 이종준의 눈동자가 심하게 흔들렸다.

아프고 정신이 없는 와중에도 뭔가 생존 본능이 발휘되고 있는 거다.

역시.

인간이란.

삶에 대한 애착이 강할수록 변화 또한 급격하게 일어날 수 있는 것 같았다.

결심했는지 입술을 잘근 씹은 이종준이 말했다.

"죄, 죗값을 치르겠습니다. 크윽! 법정에 서고, 감옥에도 가겠습니다. 하지만, 쿨럭! 제가 살려면 강 회장, 아니 강경억 그자가 무너져야 합니다."

그건 이민준도 공감하는 바였다.

사람을 이용해서 이종준을 납치하고, 지하에 가둬서 그런 몹쓸 짓을 서슴없이 벌인 자다.

그런 자라면 당연히 바닥까지 끌어 내려와 줘야 하는 거다.

이민준은 물었다.

"이종준 씨는 강경억이 저지른 불법에 관한 증거를 가지고 있는 겁니까?"

이번엔 이종준이 망설임 없이 대답했다.

"있어요. 있고말고요. 흐으! 그러니 제발 나를 버리지 마요."

이 사람 참.

딱하다는 생각이 먼저 들었다.

이종준이 계속해서 말했다.

"하지만 쉽지는, 크윽! 않을 겁니다. 그자는, 흐으! 대번의 회장이니까요. 자세한 건, 자세한 건 내가 이야기해 줄게요. 그러니, 흐으!"

이종준의 목소리가 점점 작아지고 있었다.

이민준은 이종준에게 연결된 생명 유지 장치들을 확인했다.

의학에 대해선 잘 알지 못하지만, 이종준의 심박 수가 안정적이라는 건 알 수 있었다.

기계 화면에서 두근거리고 있는 하트 모양이 그랬으니까.

이종준이 스르륵 잠들며 말했다.

"사, 살려 줘서 고맙습니다. 미안하고 감사합니다."

그러고는 이내 잠이 들었다.

이민준은 잠시 이종준을 쳐다봤다.

쉬익- 쉬익-

그의 호흡은 매우 안정적이었다.

삶에 대한 불안함 때문에 강력한 안정제의 힘을 이겼던 건가?

그렇게 깨어났다가 안전을 확인하고는 마음을 놓은 채로 잠에 빠져들었단 말인가?

그런 게 의학적으로 가능한 걸까?

여러 가지 의문이 들기도 했지만, 뭐 그런 게 중요한 건 아니다.

지금 중요한 건 이종준이 삶에 대한 애착으로 자신에게 협조를 약속한 거다.

"후우."

다시금 크게 숨을 내뱉은 이민준은 창가 쪽으로 다가가 내리는 빗줄기를 바라봤다.

이종준을 확보했다는 건 강경억과의 전쟁을 시작할 수 있다는 뜻이다.

물론 그자는 재벌이라 칭해지는 절대 불가침의 영역에

살고 있었다.

그렇다고 못 무너트릴 건 없지 않은가?

'두고 봐라, 강경억. 네놈의 눈에서 피눈물이 나게 해 주마.'

이민준은 그렇게 생각하며 조심스럽게 마음을 진정시켰다.

※ ※ ※

쿠워워워워!

놈은 고층 아파트만 한 높이를 가진 거대한 코끼리였다.

대략 15층에서 20층 정도?

그렇다고 덩치가 별 볼 일 없는 것도 아니었다.

고작 한 층에 몇 가구가 사는 뭉툭한 아파트와는 달리, 보통 10가구 이상은 몰려 사는 아파트의 크기 정도는 될 거다.

쿠웅-

그런 놈이 엄청난 발로 바닥을 찍자 무려 족구장만 한 웅덩이가 패이고 말았다.

무시무시한 무게 공격이었다.

그런데 놈의 공격 무기가 그런 거밖에 없냐고?

아니다.

쉬쉬쉬쉭-

차자장- 차장-

이민준은 방패에 주신의 기운을 주입하며 놈의 코에서 발사된 날카로운 비수를 막았다.

 놈은 덩치를 이용한 공격은 물론이고, 몸에 난 구멍에서 발사되는 원거리 공격까지 사용하고 있었다.

 타다다닥-

 이민준은 놈의 시선을 분산시키기 위해 빠르게 달리며 놈의 앞다리와 뒷다리를 번갈아 가며 공격했다.

 쉬섬-

 촤좡-

 막강한 블랙 스노우의 얼음 공격이다.

 쿠워워워-

 검이 스치고 지나갈 때마다 놈이 비명을 질렀다.

 퀘에에에-

 놈이 몸을 부르르 떨었다.

 모든 공격을 퍼부었음에도 이민준이 끄떡없자 화가 난 것이다.

 점보 스톤 맘모스라는 이름을 가진 몬스터였다.

 말 그대로 엄청나게 큰 돌 맘모스다.

 레벨은 195로 매우 높은 급이었고, 생명력 또한 30만이 넘어갈 정도여서 파티 사냥이 아니고는 잡기 어려운 몬스터였다.

 후웅-

 놈의 기다란 코 중 하나가 채찍처럼 휘둘러졌다.

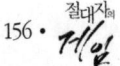

코가 무려 5개나 되는 기형적인 놈이다.

휘익- 차작!

놈의 코가 바닥을 찍자 마치 수로가 파인 것처럼 땅이 깊게 파였다.

엄청난 덩치 때문에 둔할 것 같지만 그렇지도 않았다.

점보 스톤 맘모스는 온몸이 무기인 녀석이니까.

전방이든 측방이든, 움직이는 곳에 따라서 가지각색의 무기가 날아오고 있었다.

"흐합!"

이민준은 강하게 바닥을 박차고는 하늘을 날아 녀석의 옆구리에 상처를 냈다.

쿠웨에-

점보 스톤 맘모스가 화들짝 놀라며 몸을 돌렸다.

그러자,

쿠르르릉-

시뻘건 불기둥이 몬스터의 엉덩이에 작렬했다.

크마시온이 원거리 공격을 한 거다.

쿠어!

양쪽에서 이어진 공격 때문에 정신이 없어진 맘모스가 우왕좌왕을 했다.

((흐어어.))

그 사이 혼란을 틈타 섀도우 나이트가 달려들어 놈의 뒷발을 마구 난도질했다.

파티원들이 효율적으로 공격을 벌이는 중이었다.

"후우! 좋아!"

일행들이 체계적으로 움직이는 것을 확인한 이민준은 서둘러 점보 스톤 맘모스의 정면으로 날아갔다.

퀘에에에!

이민준을 발견한 몬스터가 소리 지르며 앞발을 크게 들어 올렸다.

꽈득-

블랙 스톰을 강하게 쥔 이민준은 놈의 공격에 대비했다.

제6장

그릇

후웅-

정말 말 그대로 집채만 한 다리였다.

그런 커다란 다리가 이민준을 향해 날아왔다.

'그래! 덤벼 봐!'

후우욱-

이민준은 절대자의 기운을 최대로 끌어 올렸다. 점보 스톤 맘모스의 발과 정면으로 부딪치기 위해서였다.

휴우웅-

시커먼 발이 빠른 속도로 다가왔다. 마치 건물 한 채가 통째로 쓰러져 오는 것 같았다.

콰득-

이민준은 충격에 대비하기 위해 다리에 힘을 주었다.

가가가강-

주변이 온통 검게 변했다고 생각하는 순간이었다.

쿠우우우웅-

점보 스톤 맘모스의 발이 지면으로 떨어지며 강한 충격이 전해졌다.

콰드드득-

녀석의 무게 때문에 몸이 바닥에 박히는 것만 같았다.

아니, 실제로도 무릎 바로 아래까지는 땅에 박혀 버렸다.

하지만 그런 순간은 오래가지 못했다.

쿠워어어어!

그그그긍-

마치 가시에 발을 찔린 동물처럼 점보 스톤 맘모스가 급하게 발을 들어 올렸기 때문이다.

예상했던 순간이었다.

케에에에-

끔찍한 비명이 주변으로 울려 퍼졌다.

놈은 자신의 무게를 이용해 이민준을 눌러 버릴 계획이었던 것 같았다.

그런데 막상 이민준을 밟고 나니, 부서지지 않는 뾰족하고 커다란 다이아몬드를 밟은 듯 발에서 강한 통증을 느낀 듯싶었다.

한마디로 상대에게 주려던 충격만큼 그대로 자신이 되돌려 받은 셈이었다.

 허어어엉-

 점보 스톤 맘모스가 한쪽 발을 든 채로 고통에 겨운 신음을 내질렀다.

 아마도 몸이 가벼웠다면 깡충깡충 뛰었을지도 모른다.

 그럴 정도로 괴로워하고 있었으니까.

 점보 스톤 맘모스가 이해할 수 없다는 듯 커다란 눈을 깜빡였다.

 '짜식! 누굴 누르겠다는 거야?'

 이민준은 기분 좋게 미소 지으며 점보 스톤 맘모스를 쳐다봤다.

 무려 8단계에 이른 절대자의 자격이다.

 놈이 아무리 강력한 발바닥을 가지고 있다고 해도 이민준에겐 전혀 문제가 될 게 없다는 소리였다.

 놈의 질긴 가죽보다 절대자의 기운이 더욱 강력하니 말이다.

 타앗-

 이민준은 강하게 도약하며 놈이 들고 있는 발을 노렸다.

 촤라락-

 블랙 스노우에 절대자의 자격을 불어넣자 눈보라가 휘감기며 기세를 불려 갔다.

-루나! 표시해 줘!

-알았어요!

이민준이 텔레파시를 보내자 루나가 빠르게 대답을 했다.

그러고는,

위이잉!

마치 레이저 조준기를 쏜 듯 점보 스톤 맘모스의 발에 빨간 점이 여러 개 생겨났다.

연금술사의 스킬인 몬스터 약점 표시였다.

우습게도 강력한 발 공격을 가진 점보 스톤 맘모스의 약점은 바로 발바닥이었다.

점보 스톤 맘모스의 모든 가죽 중에서는 발바닥 가죽이 가장 질기고 단단했다.

그걸 뚫을 수 있는 무기는 이 세상에 그리 많지가 않으니까.

그렇기에 놈이 자신의 발을 강력한 무기로 사용할 수 있었던 거다.

하지만,

쉬익- 푸욱-

쿠워워워엉!

이민준은 절대자의 기운이 담긴 블랙 스노우를 놈의 발바닥으로 밀어 넣었다.

그러자 놀랍게도 모래에 칼을 쑤셔 넣듯 블랙 스노우가

점보 스톤 맘모스의 발에 박혔다.

크에에에에!

놈이 자지러지게 비명을 질러 댔다. 하지만 그럼에도 발을 내릴 생각은 하지 못했다. 조금 전 이민준이 자신의 몸을 이용한 공격으로, 즉 떨어지는 발에 온몸 던지기 공격으로 놈의 발을 마비시켰기 때문이다.

땅을 향해 강하게 내지른 데미지를 고스란히 돌려받은 거다.

어찌 마비되지 않을 수 있을까?

쉬익-

이민준은 빠르게 하늘을 날면서 놈의 발바닥에 검을 찔러 넣었다.

루나가 표시해 준 약점은 총 다섯 군데였다.

푸욱- 쉬욱-

마지막 점까지 찌른 후였다.

케에에에에-!

끔찍한 비명을 지른 점보 스톤 맘모스가 휘청였다.

그러고는,

후웅! 쿠우우우우웅-

놈이 중심을 잃고는 바닥으로 쓰러졌다.

무려 15층짜리 건물 같은 몬스터가 일순간에 무너지는 순간이었다.

화으으윽-

흙먼지가 뭉게구름처럼 뽀얗게 일어난 후였다.

휘우우-

먼지가 바람에 흩날리자 바닥에 쓰러진 점보 스톤 맘모스의 모습이 드러났다.

바르르-

놈은 바닥에 쓰러진 채로 몸을 달달달 떨고 있었다.

아직 죽은 건 아니었다.

생명력이 원체 많은 놈이니까.

대신 놈은 약점을 찔리면서 신경이 모두 죽어 버렸다.

한마디로 식물 몬스터 상태가 되어 버린 거다.

"지금이다!"

이민준은 일행들에게 소리쳤다. 그러자 앨리스와 에리네스, 그리고 카소돈과 루나까지 달려와 자신들이 가진 모든 스킬을 놈에게 쏟아부었다.

어찌나 생명력이 많은 몬스터였던지 쓰러진 놈을 죽이는 데만도 대략 30분 정도의 시간이 걸릴 정도였다.

이민준이 아니었다면 온종일 공격을 해도 죽이기 어려웠을지도 모를 놈이다.

그럴 만큼 막강하기도 했고, 생명력도 많았으니 말이다.

화으윽-

파바박-

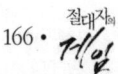

앨리스와 루나의 공격이 마지막이었다.

콰스스스-

그들의 공격이 이루어짐과 동시에 점보 스톤 맘모스의 몸에서 빛이 번쩍이는가 싶더니 이내 놈이 죽어 버렸다.

띠링-

[카라 : 점보 스톤 맘모스의 사냥에 성공했습니다.]

[파티원들의 레벨이 올랐습니다.]

화아악-

여기저기에서 밝은 빛이 터져 나왔다.

루나와 앨리스, 그리고 카소돈까지 레벨 업을 한 거였다.

이민준은 미소 지으며 파티원들을 바라보았다.

이번 사냥은 파티원들을 위한 거니까.

평소처럼 이민준이 모든 몬스터를 혼자서 사냥하는 방식도 있었지만, 오늘 사냥처럼 파티원들이 직접적인 공격을 퍼붓는 것과는 차이가 있었다.

지금처럼 파티원들이 몬스터 사냥에 직접적인 데미지를 줄 수 있다면 그만큼 파티원들이 얻을 수 있는 경험치가 많아지는 거다.

"어머! 축하해요! 언니, 이번엔 몇 레벨 올렸어요?"

"저요? 호호! 저는 3레벨 올렸어요."

"와!"

"루나는 얼마나 올렸어요?"

"저는 4레벨 올렸어요! 흐흐! 카소돈 할아버지는요?"

"후후! 나는 1레벨을 올렸단다."

"와! 와! 축하해요, 카소돈 할아버지."

"후후! 너도 축하한다, 루나야."

대상이 유저건 NPC건 간에 모두에게 레벨 업은 정말 즐거운 순간인 것 같았다.

당연한 이야기지만 이곳 게임에서 레벨이 차지하는 비중은 매우 컸다.

레벨이 높아질수록 새로운 기술도 익힐 수 있고, 공격력과 방어력도 높아지니 말이다.

그걸 잘 알고 있었기에 이민준은 이동하면서 중간중간 괜찮은 사냥터가 나올 때마다 마차를 세우고는 사냥을 했었다.

이번 여행을 통해서 일행들의 레벨을 빠르게 올리기 위해서였다.

멸망이 어떤 모습으로 나타날지 모르니까.

혹여 주신의 일곱 성지를 활성화하지 못한 상태로 다시금 멸망을 마주하게 된다면 일행들의 레벨을 높여 놓은 게 큰 도움이 될 것이다.

물론 그게 아니더라도 모두의 레벨이 높은 게 좋기도 했다.

그런 여러 가지 이유로 사냥에 집중하는 거니까.

이민준은 파티원 창을 열어 일행들의 레벨을 확인했다.

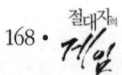

아서베닝은 210레벨이었다.

녀석은 다른 이들의 레벨 업을 위해서 경험치를 나누지 않고 있는 상태였다.

하지만 그럼에도 녀석은 여전히 파티에서 레벨이 가장 높은 존재였다.

그리고 그다음은 이민준 자신이었다.

202레벨.

킹 섀도우 나이트를 각성시키고, 멜탄스의 심장을 흡수하면서 한 번에 3레벨을 올린 덕분이었다.

이민준은 다른 일행들의 레벨도 확인했다.

에리네스가 195레벨, 카소돈이 192레벨, 그리고 킹 섀도우 나이트가 189레벨로 상당히 높은 수준이었다.

그렇다면 나머지 일행들은?

크마시온의 레벨은 175, 앨리스는 169레벨, 그리고 루나는 160레벨이었다.

이민준과 파티 사냥을 하면서 레벨 업의 축복을 받았기에 가능한 광렙이었다.

함께 여행하면서 일행들이 가장 행복해하는 부분이기도 했다.

물론 킹 섀도우 나이트의 경우는 조금 달랐다.

녀석은 정말 비약적으로 레벨을 올렸다.

그리고 그건 녀석이 킹 섀도우 나이트로 각성하면서 순식간에 많은 레벨을 올린 덕분이었다.

"후우."

이민준은 주변을 둘러보았다.

죽은 점보 스톤 맘모스로부터 돈과 아이템도 모두 회수했고, 놈의 거대한 영혼마저 흡수한 후였다.

점보 스톤 맘모스는 그 거대한 덩치와 막강한 경험치만큼 죽었다가 다시 나타나는 시간도 길었다.

마치 보스 몬스터처럼 말이다.

또한 그렇다는 건, 이 주변 지역이 안전지대가 되었다는 말과도 같았다.

이민준은 일행들에게 말했다.

"여기서 저녁 식사를 하고 잠시 쉬었다가 출발하시죠."

"우와! 좋아요! 그렇잖아도 마구 배가 고플 참이었어요!"

"루나 너는 항상 배가 고프잖아!"

"피이! 오빠가 그렇게 구박하니까 키가 안 크는 거라고요!"

"뭐어?"

"그러니까 많이많이 사랑해 줘요. 호호호!"

"하여튼 깍쟁이! 하하하!"

"깔깔깔!"

루나의 너스레 덕분에 일행들이 한바탕 웃을 수 있었다.

식사를 끝낸 후였다.

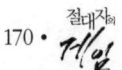

조금의 휴식 시간을 갖기로 했다.

이민준은 일행들과 떨어져 멀리 보이는 바다 쪽으로 걸었다.

서서히 어둠이 내려앉을 시간이었다.

동부 역시 어둠 속에서 빛을 뿜는 생명체들이 많이 있었기에, 도심에 불이 들어오듯 주변 숲과 먼 바다에서까지 반짝이는 빛이 일어나고 있었다.

굉장한 광경이었다.

잠시 바다를 보며 묵묵히 생각을 정리하고 있을 때였다.

((흐어어! 주인님.))

킹 섀도우 나이트가 조심스럽게 다가왔다.

"음? 왜?"

((드릴 말씀이 있습니다.))

"뭔데?"

((각성한 이후로 조금씩 예전 기억들을 찾아가고 있습니다.))

그건 킹 섀도우 나이트가 말하지 않아도 알고 있는 내용이었다.

이민준은 궁금한 눈으로 킹 섀도우 나이트를 쳐다봤다.

녀석에게서 느껴지는 감정은 아련함이었다.

뭐지?

이민준이 고개를 갸웃하자 킹 섀도우 나이트가 망설임

없이 말했다.

((제가 알고 있는 오래된 기억이 틀리지 않는다면 아무래도 크마시온의 죽음을 막을 순 없을 것 같습니다.))

"흐음."

이민준은 착잡한 심경이었다.

바리아슨 성에서 마신 트리움의 기운을 움직였을 당시부터 점점 명확해져 가고 있던 생각이었으니까.

'후우! 이런.'

카소돈이 말한 것처럼 크마시온의 희생만이 두 번째 퀘스트를 해결할 수 있다는 소리였다.

이민준은 킹 섀도우 나이트를 보며 물었다.

"네가 봤을 땐 다른 방법이 없을 거 같아?"

((지금으로선 크마시온의 희생이 가장 확실할 것 같습니다.))

"그렇구나."

정말 아픈 말이었다.

그런데 그건 이미 예상을 하고 있었던 일이다.

킹 섀도우 나이트는 이민준의 소환수였기에 어느 정도 이민준의 생각을 읽을 수도 있었을 거다.

그럼에도 이렇게 말을 꺼낸 이유가 분명 있지 않을까?

이민준은 그렇게 생각하며 킹 섀도우 나이트를 쳐다봤다. 그러자 녀석이 눈치를 챘다는 듯 말했다.

((하지만 시도를 해 볼 만한 방법은 있습니다.))

역시!

이 녀석이 각성을 하더니 확실하게 달라진 모습이었다. 전 같았으면 이렇게 의견을 내놓지 않았을 테니 말이다.

"그래? 그게 뭔데?"

((우선은 지금 상황에 대해서 이해를 하셔야 합니다.))

이민준은 고개를 끄덕여 주었다.

만약 킹 섀도우 나이트가 르이벤 왕이었을 당시의 기억을 제대로 살리고 있는 거라면, 주신에 관한 내용을 카소돈보다 더 많이 알고 있는 걸 수도 있었다.

킹 섀도우 나이트가 말을 이었다.

((주신의 일곱 성지는 공교롭게도 마기가 강한 지역에 숨겨져 있습니다.))

이민준은 고개를 끄덕였다.

그건 이미 알고 있는 사실이니까.

킹 섀도우 나이트가 계속해서 말했다.

((그리고 그런 곳 중 이번 두 번째 성지는 첫 번째인 '아메 카이드만'과 같이 마기를 이용해야 활성화가 되는 장소입니다.))

그렇단 말이지?

마기를 이용해야 활성화가 되는 장소.

이민준은 고개를 갸웃하면서 물었다.

"그게 어떻게 크마시온과 관련 있는 거지?"

((한마디로 마신 트리움의 기운이 두 번째 성지를 활성화하는 연료가 된다는 말입니다.))

"그렇단 말이지?"

((그렇습니다. 그리고 그게 트리움의 기운이 가장 강한 흔적을 찾아가는 이유지요.))

"그러니까 네 말은 우리가 트리움의 기운을 가지고 주신의 성지로 가야 한다는 말이지?"

((맞습니다.))

"어떻게?"

((크마시온입니다. 녀석은 대륙에서 유일하게 트리움의 마기를 사용했다가 저주를 받은 마법사입니다.))

그건 이미 알고 있는 거다.

((그렇기에 크마시온은 현 세계에 존재하는 유일한 그릇이 될 수 있는 겁니다.))

"그릇? 트리움의 기운을 담을 수 있는 그릇?"

((맞습니다.))

아하! 그런 거구나!

이민준은 이제야 두 번째 퀘스트가 분명하게 이해되었다.

드아빌 지역에 숨겨진 주신의 성지를 활성화하기 위해선 마신 트리움의 마기가 필요했다.

그리고 그걸 위해선 트리움의 마기를 어딘가에 담아야 하는데, 그걸 가능하게 하는 방법이 바로 크마시온이었던 거다.

이민준은 순간 소름이 끼쳤다.

설마 주신이 이것까지 생각했던 건가?

그래서 크마시온이 이민준의 소환수가 될 수 있게 만들었다는 거고?

"후우."

저도 모르게 한숨이 새어 나왔다.

두근거리는 심장을 진정시키며 생각해 보았다.

그러고 보니 이번 퀘스트는 정말 크마시온이 죽어야만 가능한 것이었다.

입술을 잘근 씹었다.

그러다 킹 섀도우 나이트가 말했던 '시도해 볼 만한 방법'이란 말이 떠올랐다.

이민준은 크게 뜬 눈으로 킹 섀도우 나이트를 쳐다봤다.

"그래서 네가 말한 시도해 볼 만한 방법이란 게 뭔데?"

이민준의 물음에 킹 섀도우 나이트가 한발 더 앞으로 다가오며 대답했다.

((주인님께선 저의 전생인 킹 르이벤을 각성시켜 주셨습니다.))

"그랬지."

((그때 사용하셨던 방법을 다시 한 번 사용하시는 겁니다.))

크마시온의 내면에 접근하라고?

이민준은 고개를 갸웃했다.

킹 르이벤을 각성시킬 수 있었던 건 어디까지나 그의 기억이 섀도우 나이트의 내면에 봉인되어 있었기에 가능한 거였다.

그런데 그때의 방법으로 크마시온을 각성시키라니?

이건 경우가 달랐다.

크마시온에겐 기억을 해낼 전생도 없었고, 그렇다고 녀석이 뼈다귀 마법사가 되기 전의 기억을 잃은 것도 아니었기 때문이다.

그렇다면 대체 녀석을 각성시킬 수 있는 게 뭐가 있다는 소린가?

이민준은 이해할 수 없다는 얼굴로 킹 섀도우 나이트에게 물었다.

"그러니까 네 말은 크마시온이 각성시켜야 할 뭔가를 자신 안에 봉인해 놓았다는 말이야?"

그러자 킹 섀도우 나이트가 고개를 흔들며 대답했다.

((그건 아닙니다.))

"그럼 뭘 각성시키라는 건데?"

((지금 당장은 할 수 있는 게 없습니다.))

이민준이 의아한 눈빛을 빛내자 킹 섀도우 나이트가 서둘러 말을 이었다.

((하지만 문제라면 크마시온이 마신 트리움의 기운을 몸에 담은 후입니다.))

　마신 트리움의 기운을 몸에 담은 후라고?

　이민준은 순간 번뜩하는 기분이 들었다.

　하기야.

　이번 퀘스트 또한 처음과 같이 숨겨진 주신의 성지를 활성화하는 거다.

　그리고 크마시온은 퀘스트 해결을 위해 사악한 기운을 몸에 담아야 하고 말이다.

　마신 트리움의 기운이 주신의 성지를 활성화시키는 연료라고 했으니 어쩔 수 없는 일이었다.

　이민준의 표정을 살핀 킹 섀도우 나이트가 계속해서 말했다.

　((마신의 기운은 매우 강력합니다. 그 때문에 저도 르이벤이었을 당시의 기억을 봉인당했던 거고요. 트리움도 마찬가지일 겁니다. 크마시온이 그자의 기운을 몸 안에 담는 순간 분명 저와 같은 일이 일어날 겁니다.))

　"그러니까 네 말은 트리움의 기운으로 인해 크마시온의 인격이 봉인당하게 된다는 말인 거야?"

　((그렇습니다.))

　이민준은 그제야 킹 섀도우 나이트가 하고자 하는 말을 정확하게 이해했다.

오른손을 쳐다봤다.

누가 뭐라 그래도 크마시온은 이민준의 소환수다.

그렇기에 녀석이 죽더라도 적정한 시간이 지난 후에 다시 살아날 수 있었던 거다.

하지만 그런 크마시온이 마신 트리움의 기운에 사로잡혀 녀석이 가지고 있던 인격을 잃어버리게 된다면?

여지없이 소환 해제가 일어날 거다.

그리고 그건 크마시온의 영원한 소멸을 의미하기도 했다.

"후우."

이민준은 크게 숨을 내뱉었다.

그러다 문득 궁금한 생각이 들었다.

"그럼 언제 시도를 해야 하는 건데? 녀석의 내면으로 들어가는 일 말이야. 크마시온이 트리움의 기운을 담을 때? 아니면 성지로 이동하는 중에? 그것도 아니면 성지 앞에서 해야 하는 거야?"

킹 섀도우 나이트는 망설임 없이 대답했다.

((가장 적합한 시기는 바로 크마시온을 주신의 성지로 밀어 넣기 전입니다.))

"주신의 성지가 마기를 흡수할 때까지 얼마의 시간이 필요한데?"

((대략 5분에서 10분 정도 될 겁니다.))

5분에서 10분?

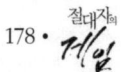

이민준은 고개를 흔들며 말했다.

"그 급박한 상황에서 녀석을 각성시켜야 한다고?"

((그렇습니다.))

"하지만 시간이 촉박할 텐데?"

((아마도 그럴 겁니다. 그만큼 어려운 일이니까요.))

"후우! 그렇단 말이지?"

이민준은 잠시 생각을 정리했다. 그러고는 물었다.

"만약 그전에 각성시키면?"

((마신 트리움의 기운이 모두 날아가 버릴 겁니다. 그렇게 되면 두 번째 성지는 영영 활성화되지 않겠지요.))

또한 그렇다는 건 멸망을 막을 수 없다는 말이 되기도 한다.

'망할!'

이민준은 입맛을 다셨다. 혀끝에서 쓴맛이 느껴졌기 때문이다.

뭔가 엄청난 방법이 있을 줄 알았는데…….

역시나 그런 건 존재하지 않는 건지도 몰랐다.

그래도 그나마 이런 방법을 알게 되어 다행이라는 생각이 들었다.

크마시온을 위해 뭐라도 할 수 있으니 말이다.

그런데 이게 정말 확실한 방법일까?

이민준은 킹 섀도우 나이트를 쳐다봤다. 그러자 녀석이

이민준이 뜻하는 바를 눈치챘다는 듯 먼저 말을 꺼냈다.

((분명히 말씀드리지만, 이건 어디까지나 시도해 볼 만한 방법일 뿐입니다. 확실한 방법은 아니란 뜻이지요. 저 또한 완벽한 성공을 장담하지는 못합니다.))

"흐음."

이건 조금은 아픈 말이었다.

킹 섀도우 나이트가 계속해서 말했다.

((더군다나 저 때와는 다르게 크마시온을 각성시키기 위해서 어떤 기억에 접근해야 하는지도 모르고 말입니다.))

"그것도 그렇지."

기억 속으로 접근하는 스킬은 대상자가 중요하게 생각하는 게 무엇인지를 알아야 사용이 가능한 기술이다.

누군가의 인생에서 가장 빛나는 순간을 찾아야 하는 것.

그것도 아니라면 누군가의 인생에서 가장 극적인 순간을 찾아야 하니까.

킹 섀도우 나이트 때는 그나마 쉬웠던 거다.

주변 정황이 정확하게 킹 르이벤을 지목하고 있었으니 말이다.

그렇다면 크마시온은?

이민준은 일행들이 몰려 있는 곳을 바라보았다.

"으악! 크마시온! 불을 피우려면 적당히 피워야지!"

"그러게 말이야! 잘못했다가는 내 옷까지 홀랑 태울 뻔했잖아!"

"흐히익! 저는 그저 최선을 다하려고 그랬을 뿐입니다."

"우와! 마법을 사용하는 마법적 존재로서, 그러니까 드래곤의 입장에서 봤을 때 너는……. 흐음! 부끄럽다, 이놈아."

"으잉! 베닝 님, 너무해요."

"너무하긴! 내가 봤을 때 이렇게 무식하게 불을 피우는 네가 더 너무하다."

"허허허! 그건 저도 동감입니다."

"으힉! 카소돈 님까지? 히잉!"

"호호호! 기죽지 마! 크마시온! 난 그래도 너의 그 지칠 줄 모르는 열정을 좋아한다고."

"아핫! 역시 루나 님밖에 없습니다."

"그래. 하지만 그래도 좀 적당히 하자. 응?"

"히익! 아, 알겠습니다."

피식-

이민준은 크마시온을 보며 웃었다.

예전 던전에서 보여 주었던 사악한 리치의 모습을 생각해 보면 지금의 모습은 상상조차 하지 못할 정도로 부드러운 성격이 된 거다.

크마시온은 일행들과 함께 어울리며 굉장히 밝은 성격으로 바뀐 듯싶었다.

정말 다행이었다.

"후우."

그러다 살짝 걱정이 생긴 이민준은 짧게 숨을 내뱉었다.

대체 저런 녀석의 어떤 부분을 찾아내야 하는 건가?

정말 크마시온이 살아온 인생 전부를 바꿀 만큼의 극적인 순간이 있기는 한 걸까?

이민준은 깊은 고민에 빠질 수밖에 없었다.

드르르륵-

마차는 좁은 시골 길을 빠르게 달리고 있었다.

비록 주변으로 어둠이 짙게 내려앉아 있었지만, 마차가 달리는 데는 아무런 문제가 없었다.

후우웅-

마차의 양옆에 둥둥 뜬 채로 전방을 비추고 있는 커다란 마법 구 덕분이었다.

웬만한 서치라이트보다 더 밝은 빛이었다.

현실의 어떤 자동차도 이보다 밝은 헤드라이트를 비출 수는 없을 것이다.

이민준은 마차의 지붕에 누워서 밤하늘을 바라보고 있는 아서베닝을 슬쩍 쳐다보았다.

녀석은 마차가 달릴 수 있는 마나를 제공하기도 했고, 지금처럼 밤길을 걱정 없이 달릴 수 있도록 빛의 구를 소환해 주기도 했다.

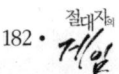

역시나 마법적인 측면에선 크마시온보다 월등하다는 생각이 들었다.

 이민준은 고개를 돌려 크마시온을 쳐다봤다.

 달그락- 달그락-

 녀석은 마치 석상처럼 굳은 자세로 턱을 떨고 있었다.

 뭔가 살짝 불안한 모습인데?

 크마시온은 여행길에 오르면서부터 이런 모습을 하고 있었다.

 평소와 달리 이민준이 마부석에 앉았으니까.

 그래서 그랬던지 녀석은 출발부터 지금까지 계속해서 이민준의 눈치를 보고 있었다.

 턱-

 이민준은 마차를 운전하고 있는 크마시온의 어깨에 손을 얹었다.

 그러자,

 "아, 아, 주, 주인님, 왜, 저, 그게, 무슨, 제가, 흐으, 잘못을?"

 녀석은 뭐 마려운 강아지처럼 안절부절못했다.

 저도 모르게 웃고만 이민준은 부드러운 표정으로 바꾸며 말했다.

 "왜 그래, 크마시온? 그냥 간만에 사이좋게 대화나 나누자는 건데."

 솔직한 마음이었다.

어차피 긴 여행을 하는 거다.

가끔은 이렇게 크마시온과 일대일로 대화를 나누어도 좋을 것 같았다.

하지만,

"그, 그러셨군요. 흐흐! 그런데, 대화가, 흐으! 무슨 말을 해야……. 크흠! 제가 뭐, 찾아야, 그러니까 잘못을, 할 게, 있는 건가요?"

크마시온은 여전히 엉덩이를 들썩거리며 어쩔 줄을 몰라 하고 있었다.

'이 녀석이?'

이민준은 고개를 흔들었다.

그러고 보니 지금까지 크마시온과 둘만의 시간을 가져 본 적이 없었던 것 같았다.

물론 사건 해결을 위해서 뭔가를 상의한 적은 있었다.

또한 다급한 상황에서는 함께 전투를 치르기도 했고 말이다.

하지만 개인적인 이야기를 나눴던 적은?

그래. 그러고 보니 확실히 그랬던 적은 없었던 것 같았다.

이민준은 그 점을 곰곰이 되짚어 보았다.

특별히 크마시온의 삶에 대해 물어볼 게 뭐가 있을까?

이민준은 크마시온의 과거를 모두 알고 있었다.

던전에서 크마시온의 암흑 공격을 이겨 내며 녀석의 머릿속을 한 번 들어갔다 나온 덕분에 말이다.

그러다 문득 다른 생각도 들었다.

'아니지. 그렇다고 해도 내가 크마시온의 생각과 기분을 모두 아는 건 아니잖아.'

그걸 인정한 이민준은 다시금 부드럽게 미소 지으며 크마시온을 응시했다.

그러자,

달그락- 달그락-

더욱 불안해진 크마시온이 심하게 턱을 떨었다.

자신의 과거를 모두 알고 있는 주인.

어쩌면 크마시온이 부담스러워하는 건 당연한 건지도 몰랐다.

그렇다고 그냥 넘어가야 할까?

아니, 그래선 안 된다.

크마시온을 살리기 위해서는 이 녀석이 중요하게 여기는 무언가를 알아내야 한다.

그런데 대체 그런 게 있기는 한 건가?

이민준은 크마시온을 물끄러미 바라보았다.

"으, 으흐하! 바, 밤바람이, 흐흐! 쩨, 시원, 차갑, 아니, 덥지는, 흐으! 하죠?"

녀석은 마치 교무실에 끌려온 문제아처럼 횡설수설하고 있었다.

그릇 • 185

이런 모습을 보고 있자니 괜스레 미안한 마음도 들었다. 그동안 따스하게 대해 주지 못한 것 같아서였다.

이민준은 크마시온의 어깨를 토닥여 주며 말했다.

"그동안 나한테 서운한 게 많았지? 잘해 주지도 못하고 말이야. 혹여 마음속에 쌓인 게 있으면 개의치 말고 털어놓고 그래."

"흐이익!"

이민준의 말에 크마시온이 놀랐다는 듯 눈알을 파르르 떨었다. 그러고는 말했다.

"결심하신 겁니까, 주인님?"

"뭘 결심해?"

"저를 죽이시기로요."

"뭐?"

"그, 그게 아니라면 저한테 갑자기 잘해 주시는 이유가 뭡니까? 그럴 이유가 없잖아요."

"뭐어?"

잘해 줄 이유가 없다니?

이런 서운한 소리를!

이민준은 진심 어린 표정으로 말했다.

"왜 그런 서운한 말을 해? 누구보다 너를 살리고 싶은 게 내 마음이야. 그렇잖아도 아까 그 문제로 킹 섀나랑 깊게 대화도 했다고."

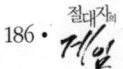

"저, 정말이세요?"

"그래."

이민준은 조금 전 킹 섀도우 나이트와 나눈 이야기를 크마시온에게 해 주었다.

그러자,

"크, 크흡! 주인님!"

녀석이 평소 같지 않게 이민준의 품으로 와락 달려들었다.

그 덕분에,

끼기기깅-

마차가 심하게 요동쳤고,

"꺄악! 크마시온! 운전 똑바로 안 해?"

"무, 무슨 일이야!"

"으악! 넘어간다!"

객실에서는 한바탕 난리가 나기도 했다.

끼이익- 쿠궁!

"얌마! 크마시온!"

다행히 뒤쪽에서 상황을 주시하던 아서베닝이 서둘러 마법을 사용해 마차의 중심을 잡아 주었다.

'후우! 짜식!'

이민준은 찰싹 달라붙었던 크마시온을 떼어 내며 표정 관리를 했다.

평소 같았으면 싫은 소리를 열다섯 바가지 정도 퍼부어

주었을지도 모른다.

하지만 오늘은 녀석도 꽤나 위축이 된 상황이니까.

'오늘만큼은 구박을 삼가자!'

이민준의 솔직한 심정이었다.

"나와 봐, 인마. 도저히 너를 믿고 쉬지는 못하겠다."

아서베닝이 무심하게 한마디를 툭 던지며 마부석에 앉았다. 뒤쪽으로 빠져서 이민준과 대화를 나누라는 배려였다.

"히익! 베, 베닝 님! 저를 위해서 대신 마차를 운전해 주시는 겁니까?"

"웃기고 앉았네! 네놈이 한니발 형과 대화 나누는 일에 정신이 팔리는 바람에 마차가 위험해져서 그렇잖아! 마법사란 놈이 집중력이 그렇게 약해서는! 어서 대화나 끝내고 다시 나랑 교대해."

"윽! 아, 알겠습니다."

크마시온이 자신의 민머리 두개골을 긁적이며 마차의 지붕으로 옮겨 갔다.

이민준은 그런 아서베닝의 등을 툭 쳐 주고는 크마시온이 있는 쪽으로 자리를 옮겼다.

"자, 크마시온, 그러니까 잘 생각해 봐. 혹시 내가 모르는 네 인생의 강렬한 기억이 있는 거야?"

이민준의 물음에 크마시온이 손으로 턱뼈를 긁었다. 그러고는 고개를 들어 이민준을 쳐다봤다.

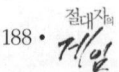

제7장

당장은 어려워

이민준도 크마시온을 바라보았다.

뭔가 할 말이 있는 것 같았으니까.

하지만 녀석은 말을 꺼내는 대신 마법을 사용했다.

후욱-

이민준의 눈앞에 크마시온의 어린 시절이 떠올랐다.

"뭐 하는 거야, 크마시온?"

질문을 받은 크마시온이 턱을 달그락거리며 말했다.

"저는 도저히 못 찾겠습니다. 제 인생에서 강렬하게 기억할 만한 그런 순간을요. 평생을 평범하게 살아왔거든요."

네가 평생을 평범하게 살아왔다고?

마신 트리움의 기운에 빠져서 리치가 된 놈이 어떻게 평범한 삶을 살았다고 말할 수 있는 거지?

이해가 안 되는 녀석이었다.

이민준이 고개를 갸웃하자 크마시온이 눈치를 살피며 말했다.

"저, 저는 그렇다고 느꼈던 것 같습니다. 하지만 주인님이 보시면 좀 다르지 않겠습니까? 그러니 한번 찾아봐 주십시오. 이건 저의 지난 삶이 담긴 마법 영상입니다."

지난 세월을 보여 주는 마법이라.

무슨 회고록도 아니고.

물론 이민준은 크마시온이 뜻하는 바를 알 수 있었다.

예전에 얼핏 지나치듯 훑었던 크마시온의 삶이 그다지 강렬하진 않았으니 말이다.

"그래. 알았다."

고개를 끄덕였다.

녀석을 위한 일인데 복습 정도는 해 줄 수 있는 거 아닌가?

이민준은 집중력을 끌어 올렸다. 그러자 크마시온이 불러낸 회고 마법이 빠르게 몸으로 흡수되었다.

후우욱―

주변의 풍경이 바뀌며 크마시온의 삶이 눈앞에 펼쳐졌다.

크마시온은 시골에 있는 유지의 집안에서 태어났다.

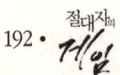

넓은 농경지를 대대로 물려받으며 지방에 뿌리를 박은 그런 집안 말이다.

녀석은 3남 2녀 중 셋째로 태어났는데, 개인적인 성향이 강한 집안이다 보니 가족 간의 간섭이 별로 없었다.

더군다나 능력이 출중한 형들을 둔 덕분에 크마시온은 가족들의 간섭을 더더욱 받지 않을 수 있었다.

큰형은 일찍부터 집안 전체를 문제없이 돌볼 정도로 통솔력이 강했고, 둘째 형은 기사 작위를 얻어 지방 영주에게 충성을 바쳤다.

영주에 대한 의무까지 완벽하게 치른 거다.

그리고 2명의 여동생은 뛰어난 미모를 가지고 있어 이른 나이에 귀족가와 정략결혼을 할 수 있었다.

크마시온의 부모 입장에선 그저 책만 좋아하는 셋째 아들을 그다지 신경 쓰지 않아도 되었던 거다.

집안에 대한 아무런 의무도 없이 살게 된 크마시온이다.

그런 크마시온에게 특기할 만한 점은 매우 영리한 머리였다.

일찍부터 글을 익혔다.

지식을 탐하기 좋아해서 온종일 서재에서 살았고, 그러다 보니 어린 나이에 서재에 있는 책을 모두 읽을 수 있게 된 것이다.

크마시온은 지식에 대한 갈증이 매우 심했다.

어릴 적부터 '적당히'가 없는 성격을 가지고 있어서인지 온 집안사람들을 괴롭히며 책과 지식을 요구한 거다.

 그런 크마시온의 행태에 진저리를 느낀 가주이자 아버지인 델토르는 녀석을 도시에 있는 마법 학교로 보내 버렸다.

 녀석의 입장에선 다행이자 불행이 된 사건이었다.

 마법 학교로 진학한 크마시온은 수많은 수재 중에서도 진정한 천재로 인정받았다.

 그 덕분이었는지 교수들의 관심을 한 몸에 받기도 했고, 학교 대표로 추대를 받기도 했다.

 그러나 크마시온은 자신 외에 다른 일들엔 전혀 관심이 없었다.

 지식을 익히고 마법을 발전시키는 건 그저 개인적인 욕심이었으니까.

 남들에게 관심을 두기가 싫었다.

 그럴 시간에 조금의 지식이라도 더 탐하고 쌓아야 했으니 말이다.

 그렇게 마법에 몰두하다 보니 어느덧 학교 도서관에 있는 일반 마법서를 모두 공부할 수 있었다.

 다 보고 나니 시시했다.

 일반 마법은 적당한 수준에서 정리된 마법이니 말이다.

 '적당히'가 없는 크마시온 입장에선 더운 여름 물가에 나와 발만 축인 격이 되었다.

그러다 우연히 마법사들이 금하는 흑마법을 알게 되었다.

흑마법은 무궁무진한 지식을 바탕으로 어둠의 세계를 통해 끝없이 발전하고 있었다.

하지만 그 잔인성과 마성 때문에 일반적인 마법사와 사람들은 흑마법을 멀리했다.

그게 뭐 어째서?

지식에 가릴 게 뭐가 있겠는가?

그렇게 생각한 크마시온은 흑마법에 관심을 두게 되었고, 그로 인해 점점 암울한 학생이 되어 갔다.

그때부터였을 거다.

교수들도 크마시온에 대한 관심을 거두기 시작하고, 집안에서도 점점 지원을 끊기 시작한 게 말이다.

하지만 크마시온은 신경 쓰지 않았다.

이미 암흑세계를 알아 버렸으니까.

흑마법은 정말 신세계였다.

끊이지 않는 새로운 시도와 절제 없는 사악한 방법까지.

크마시온은 흑마법을 이용해 돈을 벌면서 자신의 힘으로 계속해서 지식을 탐했다.

그러다 한계에 부딪히고 말았다.

세상엔 알고 싶은 지식이 넘쳐나는데, 아무리 천재라도 그 모든 지식을 익히고 이해하는 데는 굉장한 시간이 필요했던 거다.

삶은 유한하니까.

영원히 주어지는 게 아니다.

인간은 연약한 육체에 갇혀 시간이라는 속박에 묶여 살고 있었다.

즉, 끝이 정해진 존재라는 소리다.

인간의 세포는 너무 나약했다.

시간이 지나면 노화가 이뤄지고, 결국엔 죽음에 이르게 되니 말이다.

'이건 아니야! 나 같은 초천재 마법사가 고작 육체에 얽매여 원하는 공부를 끝내지도 못하고 죽는다는 건 말도 안 되는 거지!'

크마시온이 영생에 대한 욕심을 갖게 된 이유였다.

사악한 마기도 신경 쓰지 않은 채로 영생을 탐욕하는 삶.

그렇게 마신 트리움의 마기를 받아들인 거다.

크마시온이 보여 준 지난 삶의 영상은 여기까지였다.

후으윽-

주변의 영상이 거짓말처럼 사라지며 다시금 마차 지붕 위로 돌아왔다.

그 뒤로는 이민준도 잘 알고 있는 내용이었다.

던전 생활을 하면서 모험가들의 양기를 빨아먹다가 이민준과 맞닥뜨린 것!

크마시온은 그 뒤로 이민준의 소환수가 되었다.

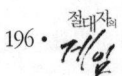

"흐음."

이민준은 크마시온의 지나온 삶을 다시금 되짚어 보았다.

중간중간 특이점이 보이기도 했다.

보통 사람이라면 감정의 기복이 충분히 느껴질 만한 부분이기도 했다.

'넌 아니라, 이거지?'

하지만 녀석의 감정은 그 모든 걸 평범하게 받아들이고 있었다.

그 어디에도 강렬한 순간이 없다고 느끼는 듯싶었다.

'독특한 녀석이네.'

오직 태어나서 리치가 될 때까지 그렇게 '적당히'가 없이 한 가지 일에만 몰두하고 살았으니 말이다.

"후우."

이민준은 고개를 끄덕였다.

'하여간 너란 녀석은 정말……'

크마시온의 부족한 사회성과 절제 없는 생활 방식이 어디에서 나왔는지 또한 충분히 공감되었다.

이민준이 막 뭔가를 말하려 할 때였다.

"우와! 너 진짜, 후우! 세상에!"

마차를 운전하고 있던 아서베닝이 먼저 소리쳤다.

"히익! 베, 베닝 님! 설마 제 영상 마법을 보신 거예요? 이건 주인님께만 시전한 건데요?"

"그럼, 봤지. 그런 허접스러운 마법도 못 가져오면 내가 드래곤이겠니?"

"으윽! 그런 뜻은 아니었습니다."

"아무튼, 우와! 너도 참. 나보다 더한 삶을 사는 녀석도 세상에 있긴 있구나. 물론 너는 그 삶이라는 게 짧긴 하지만 말이다."

"흐흑! 부끄럽습니다."

"너 부끄러우라고 한 말은 아닌데?"

"히끅!"

이민준은 두 녀석의 엉뚱한 대화를 듣다가는 이내 고개를 흔들었다.

자신만큼이나 아서베닝도 답답해하고 있는 것 같았다.

크마시온을 살리려면 뭔가 삶의 중요한 한 부분을 찾아내야 하는데, 녀석의 기억 속엔 그런 게 전혀 없었으니 말이다.

"어려운 일일까요?"

크마시온이 턱을 달그락거리며 물었다. 앞으로 닥칠 일이 불안했던 모양이었다.

사실 이민준도 불안하긴 마찬가지였다.

하지만 그렇다고 자신만 바라보는 크마시온을 걱정시킬 이유는 없었다.

'너는 내가 어떻게든 살릴 거야!'

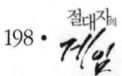

결심한 이민준은 미소 지으며 말했다.

"어렵긴 하겠지. 하지만 그렇다고 일찍부터 포기하는 건 옳지 않은 거야. 난 어떻게든 널 살리기 위해 노력할 거야. 그러니 너도 노력해 줘. 뭔가가 있겠지. 너에게 소중한 것들 말이야."

"아……. 네! 주인님!"

꽈드득-

크마시온이 뼈밖에 없는 주먹을 굳게 쥐었다.

'후후! 짜식.'

전의를 다지는 건 좋은 거니까!

"그럼 저는 이만!"

달그락-

부쩍 기운을 낸 크마시온이 마부석으로 가서 앉으며 말했다.

"이젠 다 됐습니다, 베닝 님. 제가 운전을 할 테니 좀 쉬세요."

그러자 아서베닝이 뾰로통한 표정을 지으며 말했다.

"됐어! 지금 보니 네놈은 이래저래 정신이 없어 보이네. 넌 그냥 한니발 형이 말한 대로 네놈을 살릴 만한 중요한 기억이나 찾아내. 오늘 밤은 불안해서 차라리 내가 운전하는 게 낫겠다."

"으흑! 베닝 님!"

감동을 받았는지 크마시온의 눈에서 눈물이 글썽거렸다. 그러자 아서베닝이 혀를 끌끌 차며 말했다.

"허이구! 웃기고 있네! 분명하게 말하지만, 널 위한 게 아니라 내 안전을 위한 거거든! 그러니 도를 넘지 마시지?"

"흐, 흐흐! 아, 알겠습니다, 베닝 님!"

'짜식들.'

마차가 뒤집어진다고 해도 드래곤인 아서베닝이 다칠 일은 전혀 없었다.

드래곤이 괜히 드래곤인가?

크마시온이 눈물을 보인 것처럼 아서베닝도 자신만의 방법으로 크마시온을 위해 주고 있는 거다.

두 녀석의 끈끈함이 느껴졌다.

보기 좋은 모습이었다.

이민준은 두 녀석의 뒷모습을 보며 기분 좋은 미소를 지었다.

※ ※ ※

부스럭-

성창식이 커다란 종이 가방을 내밀며 말했다.

"무슨 큰일이 있는 건 아니지?"

"큰일은 무슨. 그냥 개인적인 일이야. 그러니까 걱정하지 말고 회사 일이나 좀 부탁하자."

이민준은 종이 가방을 확인했다.

갈아입을 옷이었다.

어제는 혹시나 모를 적들의 공격으로부터 이종준을 지키기 위해 병원에서 밤을 새웠다. 그리고 다행히도 이종준을 노리는 자들도 없었고 말이다.

그렇다고 해도 안심이 되는 건 아니었다. 당분간은 병원에서 지내며 상황을 지켜봐야 할 것 같았다.

달칵-

성창식이 차 안에서 꺼낸 음료수의 따개를 열면서 말했다.

"회사 일이야 뭐 걱정할 게 있겠냐? 문제라면 티엘 애들이 붕붕 날뛰니까 문제지."

말을 마친 성창식이 음료 캔을 들어 자신의 입술을 적셨다.

이민준은 고개를 끄덕였다.

7월로 들어서자마자 티엘이 인터넷 쇼핑몰을 오픈하며 공격적으로 치고 올라오기 시작했다.

예상하고 있던 바였다.

티엘이 마케팅에 쏟아부은 돈이 보통 많았던가?

파격적인 마케팅으로 쇼핑몰을 열기 전부터 이미 사람들의 입에서 오르내리던 티엘이었다.

'돈이 좋긴 하지.'

그 덕분에 굉장한 인지도도 만들었고 말이다.

이민준은 성창식을 바라보며 말했다.

"우리 쪽도 개발이 거의 완성 단계야. 살짝 늦은 감이 있지만, 그래도 역습할 기회는 있는 거잖아."

"후우! 그래. 나야 뭐, 대표님을 철석같이 믿으니까."

"제대로 믿는 거 맞지?"

"믿지. 당연하지!"

"그런데 표정이 왜 이리 어두워 보여?"

"그거야 밤낮없이 대표님을 걱정하니 그렇지. 요즘 따라 외부로 나가 있는 일도 많고, 또 다른 지역에서 지내는 날도 많아졌잖아."

"그걸 걱정하고 있었다고?"

"그래. 혹시나 뭐가 잘못된 건 아닐까 싶었지."

"훗!"

이민준은 기분 좋은 미소로 성창식을 바라보았다.

항상 자신을 걱정해 주는 친구가 있다는 건 정말 좋은 거였다.

고개를 살짝 흔든 이민준은 장난스러운 말투로 말했다.

"네가 무슨 내 마누라냐? 그런 걸 걱정하게?"

"우우! 마누라보다 더한 부하 직원이지!"

"야! 이사가 무슨 부하 직원이야! 너도 임원이야. 주인 의

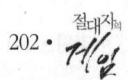

식을 가지라고!"

"헤헤! 당연히 주인 의식이야 있지. 하지만 너 없으면 우리 회사 큰일 난다고. 그러니 문제가 될 만한 일은 꼭 나한테 말해 줘. 내가 목숨을 걸더라도 너는 지킬 테니까."

목숨을 걸어서 누군가를 지켜야 한다면 내가 너를 지키겠지.

말을 하진 않았다.

하지만 눈빛만으로도 서로가 서로를 소중히 여기고 있음을 충분히 알 수 있었다.

이민준은 감정을 추스르며 말했다.

"여튼 여기까지 불러내서 미안하다."

"미안하긴. 또 필요한 거 있으면 전화하고."

"그래. 알았다."

탁-

회사 차에 올라탄 성창식이 장난처럼 활짝 웃으며 손을 흔들어 주었다.

그러고는,

부우웅-

차를 출발시켰다.

끼익-

이민준은 허름한 병원의 뒷문을 통해서 들어섰다.

폐업을 한 병원이다.

남들에겐 버려진 건물이었지만 염태수에겐 여전히 영업 중인 병원이기도 했다.

계단을 통해 3층에 있는 입원실로 다가갔다.

"대표님."

입구를 지키고 있던 새마음 심부름센터 직원이 인사를 해 주었다.

찰칵-

문을 열고 입원실로 들어갔다.

"흐으! 어딜 갔다 오는 건가요?"

어슴푸레 눈을 뜬 이종준이 힘겨운 숨을 내뱉으며 한 말이었다.

정신을 차린 거다.

달칵-

문을 닫은 이민준은 서둘러 이종준에게 다가갔다.

"몸은 좀 어떠세요?"

"그냥 멍하고 아픕니다."

이민준의 물음에 이종준이 침대에서 몸을 꿈틀거리며 대답했다.

"크윽."

이종준이 억지로 상체를 세우려 했다.

"괜찮습니다. 그냥 누워 계세요."

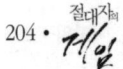

"아닙니다. 이 정도는 버틸 만합니다. 후우! 미안하지만 침대를 좀 조절해 주시겠어요?"

이종준은 자력으로 상체를 세우기가 힘들어 보였음에도 계속해서 몸을 꿈틀거리고 있었다.

앉은 자세로 이민준을 바라보고 싶었던 모양이었다.

이민준은 살짝 고민했다.

이종준은 척 보기에도 몸 전체가 불편해 보였으니까.

말리고 싶었다.

하지만 이 사내의 표정을 보고 있자니 생각이 바뀌기도 했다.

고집스럽게 다문 입술과 어떻게든 일어나겠다는 의지가 담긴 눈빛.

겉으로 보이는 모습만으로도 이종준이 자신의 말을 고분고분 들을 거 같지는 않았다.

어쩔 수 없는 일이었다.

"알겠습니다."

지이이잉-

고개를 끄덕여 준 이민준은 침대 옆에 달린 조절 장치를 이용해 이종준의 상체를 세워 주었다.

다행히도 조절 장치는 자동이었다. 폐업을 한 병원 같지 않게 장비들은 꽤 신식이었으니 말이다.

'입원비가 비싼 데는 다 이유가 있구나.'

재밌다는 생각이 들기도 했다.

"으윽! 후우! 이제야 좀 살 것 같군요."

이종준은 얼굴 한쪽이 붕대로 가려져 있어 마치 아수라 백작을 연상시켰다.

그런 모습의 그가 겉으로 보이는 한쪽 얼굴만으로 인상을 찡그렸다가 펴기를 반복했다.

아직은 회복을 기대하기 어려운 시점이란 느낌이었다.

드르륵-

이민준은 의자를 끌어다가 앉았다.

이종준이 고개만 돌려도 자신과 눈을 마주칠 수 있도록 가깝게 앉은 거였다.

"후우."

그런 이민준을 바라본 이종준이 미안한 표정을 지으며 말했다.

"제가 미우시죠?"

"네."

이민준은 대답을 망설이지 않았다.

당연한 거니까.

하지만 이종준 또한 당황하지 않았다. 마치 그런 대답을 예상하고 있었다는 듯 말이다.

이종준이 말했다.

"저의 이런 행동들이 가식처럼 느껴지실지도 모르겠습니

다. 살려고 발버둥을 치는 지저분한 모습처럼요."

"그런 겁니까?"

"아니요. 절대 그렇지 않습니다. 그 건물 지하에서, 몸에서 피가 새고 점점 정신이 아득해지는 순간 깨달았습니다. 제가 얼마나 이기적이고 잔인한 놈이었는지를요."

이민준은 대답 대신 묵묵한 표정으로 이종준을 바라볼 뿐이었다.

뭔데? 진실을 말하고 있는 거야? 아니면 살고 싶어서 발악하고 있는 거야?

이민준은 티가 나지 않게 이종준의 진심을 파악하려 노력하고 있었다.

그런 이민준의 의도를 알고 있다는 듯 덤덤한 표정의 이종준이 계속해서 말을 이었다.

"어떤 행동을 한다고 해도 제가 지은 죄를, 이 대표님의 아버님을 죽게 만든 일을 보상할 순 없을 겁니다."

"당연합니다."

"후우."

이종준이 버릇처럼 한숨을 내뱉었다.

이 또한 예상하고 있던 대답이었지만 대놓고 들으니 가슴이 아팠던 모양이었다.

이민준은 신경 쓰지 않았다.

그리고 그런 분위기에 익숙해지려는 듯 이종준이 고개를

끄덕이며 말했다.

"하지만 그렇다고 해도 이 대표님은 저의 생명의 은인이시니까요. 참 우습군요. 원수의 은인이 되셨다니요."

그러게나 말이다.

나중에 하늘나라에서 아버지를 만나 뵈면 크게 혼내시려나?

왜 이런 쓰레기를 살려 냈느냐고?

'아버지, 이건 어디까지나 강경억 그자를 파멸로 몰고 가기 위한 전략 때문입니다. 이해해 주세요.'

고개를 흔들어 잡생각을 떨쳐 낸 이민준은 진지한 표정으로 물었다.

"강경억 회장을 끌어내리고 싶습니다. 그자의 죗값을 톡톡히 받아 내고도 싶고요. 가능하겠습니까?"

이민준의 물음에 이종준이 고개를 끄덕이며 말했다.

"강 회장이 타격을 입을 만한 자료들을 가지고 있습니다. 몇몇 자료는 강 회장의 배임 행위와 불법 행위, 그리고 살인 교사에 관한 것들이지요."

귀가 번뜩이는 기분이었다.

그렇다면 뭘 망설일까?

이민준은 이종준을 정면으로 쳐다보며 말했다.

"자료를 저에게 넘기시죠. 당장 그자를 검찰에 고발하겠습니다."

"그러면요?"

"네?"

"제가 자료를 넘겨드렸다고 치고, 이 대표님이 강 회장을 검찰에 고발하면 대번이 무너지고 강 회장이 무기징역이라도 받을 것 같습니까?"

당연한 거 아닌가?

강경억은 자신의 이득을 위해 살인을 청부했고, 잘나가던 중소기업들을 망하게 하기도 했다.

그런 자가 법의 심판을 받지 않는다면 대체 법이 무슨 소용이란 말인가?

이민준은 고개를 갸웃하며 물었다.

"자료를 가지고 있다고 하지 않았습니까? 그게 증거 자료로서 불충분한 겁니까?"

"아니요. 충분합니다."

"그런데 뭐가 문제입니까?"

"문제라면 이 나라의 시스템에 있겠죠."

"나라의 시스템이요?"

이건 또 무슨 자다가 구구단을 거꾸로 외우는 소린가?

이민준이 고개를 갸웃하자 이종준이 이해한다는 듯 안타까운 표정을 지으며 말했다.

"재벌들은 절대로 혼자서 일을 벌이지 않습니다. 그들은 정치권과 법조계, 그리고 언론에 항시 발을 뻗고 있으니까요."

"그게 강 회장과 관련된 자료와 연관이 있습니까?"

"아직 공개되지 않은 자료는 좋은 무기입니다. 상대가 두려워할 만한 잠수함 속 핵무기인 거죠. 하지만 자료가 공개되는 순간 상대는 무슨 수를 써서라도 진실을 거짓으로 만들 겁니다."

"그게 가능하다고요?"

"말씀드렸잖아요. 상대가 정치권과 법조계, 그리고 언론을 장악하고 있다고요."

"하지만 이 일들이 사람들에게 알려지면 사회적 파장이 있지 않겠습니까?"

"이 대표님은 사회적 파장으로 망한 대기업을 알고 있습니까? 아니면 대기업의 오너가 오랫동안 감옥에서 죗값을 치르는 경우를 보신 적은요?"

그러고 보니…….

이민준은 고개를 흔들었다.

한국 사회에서 대기업의 문제나, 대기업의 소유주들이 검찰청을 드나들던 기억은 있었다.

또한 재판을 받아 형을 받았던 기억도 있었다.

하지만 그게 길었던가?

아니, 그렇진 않았다.

그들은 대부분 환자복을 입고 마스크를 쓴 채로 휠체어에 앉아 약자 코스프레를 하지 않았던가?

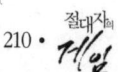

설 특사네, 광복절 특사네 하면서 경제 인사들을 풀어 주기도 한다.

말도 안 되는 소리.

미국이었다면 회사가 사라지고, 경제를 망친 주범이 된 기업 오너들은 적어도 30~50년 형은 때려 맞을 거다.

그렇지만 우리나라는?

이민준은 고개를 들어 말했다.

"하지만 강경억은 살인잡니다. 법원에서 그 부분을 증명할 수 있다면 그자를 나락으로 몰 수 있지 않겠습니까?"

이민준의 기분을 이해한다는 듯 고개를 끄덕인 이종준이 힘없는 목소리로 말했다.

"우리가 가진 건 한 통의 잉크입니다. 강 회장의 더러운 죄목을 낱낱이 적어 사람들에게 보여 줄 수 있는 아주 좋은 도구지요. 그런데 상대가 수천 톤의 물을 가지고 있다면요? 우리가 잉크를 사용하는 순간 강 회장은 엄청난 물을 퍼부을 겁니다."

"아!"

이민준은 그제야 이종준이 말하는 바를 이해했다.

'망할!'

머릿속에서 빠르게 계산이 끝났다.

이종준의 말이 맞았다.

증거 자료를 검찰에 제공하는 순간 강 회장은 어떤 수를 써서라도 자료의 합당성을 흐리려 할 거다.

그러고는 지지부진한 법정 싸움으로 들어가겠지.

그렇게 된다면?

강 회장은 증거 자료를 제공한 이종준의 도덕성을 잡고 늘어질지도 몰랐다.

물론 특정 사건이 불거지면 잠시나마 언론이 대서특필할 수도 있을 거다.

엄청난 사건이니까.

처음엔 사회적 논쟁거리가 될 터였다.

하지만 시간이 지나면?

대번은 각종 이슈를 사회에 뿌릴 거고, 사람들은 조금씩 대번에 대한 이야기를 잊어 가게 될지도 몰랐다.

세상이 빨라졌으니까.

각종 SNS는 유행 지난 사건을 지겨워하고 있었다.

처참한 일이었다.

꽈득-

이민준은 주먹을 굳게 쥐었다.

그렇다고 이렇게 포기하는 건 말이 안 되는 거잖아?

이종준을 바라보며 말했다.

"그래서요. 자료가 쓸모없다고 말씀하시는 건가요?"

"자료가 쓸모없는 건 아닙니다. 단지 우리가 해야 하는 일은 거대한 배를 침몰시켜야 하는 겁니다. 거대한 저수지에

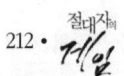

구멍을 내서 우리의 잉크를 희석하지 못하게 만들어야죠."

잠시 머뭇거린 이종준이 계속해서 말했다.

"불가능에 대해서 말을 하는 건 아닙니다. 단지 강 회장에 대한 복수가 지금 당장은 어렵다는 걸 말씀드리고 싶었던 겁니다."

이민준은 고개를 끄덕였다.

어느 정도는 이해가 되는 말이니까.

그러고는 물었다.

"치밀하게 상대를 무너트려야 한다는 말씀이신가요?"

"그렇습니다. 적들이 모르게 완벽하고 확실한 수단을 취해야죠. 그리고 그 방법은 저와 이 대표님이 앞으로 만들어 가야겠지요."

"그게 가능하겠습니까?"

"예전 같았으면 불가능하다고 생각했을 겁니다. 하지만 저는 이 대표님을 만나고 나서야 깨달았습니다. 당신과 함께라면 대한민국의 재벌도 무너트릴 수 있을 것 같다고요."

"듣기 좋으라고 하시는 말씀입니까?"

"아닙니다. 절대 아닙니다. 저는 티엘에서 일하면서 이 대표님에 대해서 알게 되었습니다. 사업 방식과 주변 사람을 대하는 능력, 그리고 지칠 줄 모르는 열정까지."

잠시 고개를 돌려 창밖을 응시한 이종준이 다시금 시선을 회수하며 말했다.

"이인호 대표가 그랬듯, 이민준 대표님 또한 그 강인한 성격을 제대로 가지고 계신 겁니다."

이런 말을 아버지의 죽음과 연관이 있는 사람에게 들으니 기분이 묘하기는 했다.

하지만 이민준은 이종준의 말을 어느 정도 인정했다.

아버지는 그런 사람이었으니까.

지칠 줄 모르는 불도저.

불의와 타협하지 않는, 포기를 모르는 강철의 사나이.

아버지!

당신을 위해 제대로 복수하겠습니다!

이민준은 강렬하게 눈빛을 빛내며 물었다.

"이종준 씨는 저를 도와 강경억을 끌어내리는 일에 동참하시겠습니까?"

"물론입니다."

"왜요? 강경억이 이종준 씨를 죽이려 해서요?"

이종준이 어색한 미소를 지으며 말했다.

"역시, 이 대표님을 속이기는 어렵군요. 강 회장에게 복수하고 싶은 마음도 강합니다. 하지만 이 대표님의 은혜에 보답하고 싶은 마음도 분명 있음을 믿어 주세요."

드륵-

이민준은 자리에서 일어났다. 그러고는 손을 내밀며 말했다.

"좋습니다. 적군의 적은 아군이니까. 당분간은 한편이 되어 봅시다."

"고맙습니다, 이 대표님."

"그렇다고 해서 이종준 씨의 죄를 용서한다는 건 아닙니다."

"알고 있습니다. 이번 일이 끝나면 저 스스로 법정에 서겠습니다. 모든 죄를 자백하고, 그 벌을 받겠습니다."

이민준은 대답 대신 고개를 끄덕여 주었다.

맞잡은 두 사람의 손이 뜨겁기만 했다.

※ ※ ※

아침 햇볕이 따갑게 쏟아지고 있었다.

고개를 숙이고 싶었지만 그럴 수는 없었다. 영주와 그의 부하들이 무섭게 노려보고 있었으니 말이다.

탈리아는 조심스럽게 밀밭을 곁눈질했다.

평상시 같았으면 일꾼들로 가득 차 있어야 할 들판이다.

하지만 오늘은 들판에 나가 있어야 할 일꾼들이 모두 공터에 모여 있었다.

매일같이 당하는 끔찍한 채찍질과 관리인들의 모욕적인 언사들.

다행인지, 불행인지 오늘 아침엔 그런 고통스러운 일들

은 일어나지 않았다.

대신,

"똑바로 서라!"

"비척거리지 마!"

전쟁이라도 난 것처럼 군인들이 마을 사람들을 윽박지르고 있었다.

모두가 겁을 먹은 얼굴이었다.

왜 아니겠는가?

이런 누추한 마을에 행차할 리 없는 영주가 직접 군사를 이끌고 왔으니 말이다.

대체 무슨 일일까?

탈리아는 초조한 마음으로 상황을 지켜보고 있었다.

그때였다.

척-

영주가 손을 들어 올리자,

"나와!"

"너, 그리고 너! 이리 와!"

"왜, 왜 이러세요?"

짝-

"크윽!"

"잔말 말고 나와!"

"꾸물거리면 피를 토하게 갈겨 줄 거야?"

군인들이 나서서 마을 사람들을 무작위로 끌어냈다.

'아, 아버지?'

탈리아는 움찔할 수밖에 없었다. 자신의 아버지인 뮤진이 병사의 손에 끌려 나갔기 때문이다.

대체 왜들 그럴까?

남아 있는 사람들은 불안한 눈으로 몸을 부들부들 떨 수밖에 없었다.

우리 같은 천민들이 할 수 있는 게 뭐가 있을까?

마을 사람들의 생살여탈권을 쥔 사람은 다름 아닌 영주였다.

저자는 강력한 마법으로 이곳 지역의 모든 소리새를 차단하기도 했다.

자유가 없는 지역 주민들.

이들은 그저 영주의 노예일 뿐이었다.

터덕-

영주가 말에서 내렸다.

터걱- 터걱-

그러고는 병사들의 손에 이끌려 나온 사람들이 있는 곳으로 다가갔다.

탈리아는 그저 조심스럽게 숨을 고르며 자신의 아버지를 바라볼 뿐이었다.

그때였다.

챙-

영주가 시퍼런 검을 뽑아 들었다.

"아!"

탈리아는 탄성을 지르고 말았다.

영주가 마주 보고 선 사람은 다름 아닌 탈리아의 아버지였으니까.

"안 돼!"

탈리아는 저도 모르게 영주를 향해 달려 나갔다.

하지만,

와락-

"어딜!"

갑옷을 입은 병사가 탈리아의 팔을 움켜잡았다.

"크흑!"

연약한 소녀가 벗어날 수 있는 그런 힘이 아니었다.

"아아."

탈리아는 슬픈 표정을 짓고 있는 아버지를 뚫어져라 바라보았다.

그러거나 말거나.

쉬잉-

영주의 검이 하늘 위로 솟았다.

쨍-

아침 햇살을 받은 영주의 검이 섬뜩하게 빛났다.

'아버지!'

모든 게 끝이었다.

그때였다.

"말씀 좀 묻겠습니다!"

마치 마법이라도 사용한 듯 주변을 쩌렁대고 울리는 소리였다.

멈칫-

그 소리가 어찌나 강했던지 영주가 주춤했다. 그러고는 고개를 돌렸다.

그와 동시에 탈리아도 소리가 난 쪽을 쳐다봤다.

특이하게 생긴 마차였다.

마차는 기다랗고 커다란 모양을 하고 있었는데, 더욱 이상한 건 말이 없다는 거였다.

그런데도 움직이고 있다고?

고개를 갸웃한 탈리아는 마부석에 선 사내를 바라보았다.

잘생긴 청년과 귀여운 소년, 그리고······.

뼈다귀 인간?

탈리아는 놀란 눈으로 이쪽으로 다가오고 있는 마차를 응시했다.

제8장

토르투 영지

원래 세웠던 계획대로라면 토르투 영지에 도착하는 건 오늘 오후쯤이어야 했다.

하지만 지금은?

짹짹- 짹짹-

미국에서 왔는지 온종일 '잭'만 찾아 대는 일찍 일어나는 새 참새들이 활동하는 시간이었다.

그러니까 아침 일찍 이 외곽 영지에 도착한 것이 예정보다 대략 4~5시간은 빠르다는 소리였다.

이게 어떻게 된 거냐고?

이민준은 양손을 허리춤에 올린 채로 마차의 지붕에 서 있는 아서베닝을 슬쩍 쳐다보았다.

모든 게 새로운 재능을 깨달은 저 꼬마 드래곤 때문이었다.

사건의 발단은 이랬다.

오늘 새벽.

이민준이 현실을 다녀온 후였다.

여전히 마차의 운전대는 아서베닝이 잡고 있었고, 크마시온은 지붕에 앉아 새벽하늘을 바라보며 감상에 젖어 있었다.

'그래. 그렇게라도 네가 살 수 있는 무언가를 찾아낸다면 감사한 거지.'

이민준은 우수에 젖은 크마시온을 뒤로하고는 운전 중인 아서베닝에게 다가갔다. 그러자 녀석이 방긋 웃으며 말했다.

"형! 운전이라는 게 생각보다 정말 재미있는데요?"

짜식! 운전의 재미라면 내가 더 잘 알지!

이민준은 대답 대신 미소를 지으며 고개를 끄덕여 주었다.

현실의 모터스포츠를 좋아하는 이민준이다.

강렬한 힘을 뿜어내는 기계를 내 맘대로 조종할 수 있다는 건 남자의 또 다른 로망이니까.

이민준은 아서베닝을 보며 말했다.

"네가 모르는 세상에서는 이렇게 자체 동력을 가진 자동

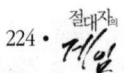

차를 이용해서 사람들과 속도 경쟁을 하기도 해."

"정말요?"

"그럼! 그게 바로 모터스포츠라는 거지!"

"모터스포츠요?"

"흠! 그러니까 모터는 자동차를 말하는 거고, 스포츠란 경쟁과 유희성을 가진 신체 운동 경기를 총칭하는 거야."

"아, 말을 타고 벌이는 경주 같은 거군요?"

"그렇지."

"모터스포츠라는 게 어떤 건지 자세히 설명해 주시겠어요?"

드래곤은 호기심이 많기로 유명하다. 거기에 자아마저 강하다 보니 경쟁심 또한 대단하기도 했다.

이민준은 그런 드래곤에게 자동차 경주를 설명해 주고 말았다.

물론 그 이면에는 설마 아서베닝이 무모한 짓을 하겠느냐는 생각도 크게 작용했고 말이다.

하지만 그건 이민준의 착각이었다.

아서베닝은 인간 나이로 치면 고작해야 15살에서 17살의 나이다.

질풍노도의 시기라는 뜻이었다.

"우와! 멋지네요! 저도 한번 해 보고 싶어요!"

그게 문제였다.

하고 싶으면 한다!

아서베닝은 최강의 마법을 가진 드래곤이 아니던가?

녀석은 망설임이 없었다.

"변해라! 마차!"

쉬이이익-

아서베닝이 간단하게 마법 언어를 내뱉자,

위이잉- 철컥- 찰캉-

마치 변신 로봇을 주제로 한 영화 트랜스포머처럼 마차의 외형이 바뀌고 말았다.

"이, 이건 마치 경주용 마차 같은데?"

이민준조차 변화된 마차의 멋진 모습에 놀라고 말았다.

하지만 문제는 그게 아니었다.

철컥- 찰캉-

마차의 변신이 완벽하게 이뤄진 후였다.

"형! 크마시온! 꽉 잡아!"

"뭐, 뭐?"

"객실도 정신 차리세요! 지금부터 달립니다."

아서베닝의 외침과 함께,

위이이잉-

"뭐, 뭐야?"

"으, 으악! 베, 베닝 님!"

"꺄악! 밖에 무슨 일이에요!"

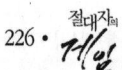

마차가 순식간에 속도를 높이며 총알처럼 튀어 나갔다.

후이이이잉-

정말 빠른 속도였다.

마차에 날개만 달았다면 정말 하늘을 날지도 모르겠다는 생각이 들 정도였다.

"우오호! 지상을 달리는 게 이렇게 재밌는 일이구나!"

찰카당- 터컹-

아서베닝은 계속해서 마차의 외형을 변화시키며, 점점 공기 저항에 익숙해져 가는 마차를 만들고 있었다.

다르르륵-

이민준은 아래쪽을 내려다봤다. 마차의 바퀴가 미친 듯이 돌았다.

속도가 보통 빨라야지!

아마도 아서베닝의 마법이 아니었다면 4개의 마차 바퀴가 모두 부서졌거나, 마차를 이탈해서 먼 곳으로 사라졌을지도 모를 일이었다.

이민준은 마부석을 꽉 잡은 채로 주변을 둘러보았다.

쉬시시시식-

이건 마치 뚜껑 없는 KTX 열차를 타고 최고 속도로 달리는 기분이랄까?

아서베닝이 마차를 완벽하게 개조한 덕분이었는지 놀랍게도 흔들림이나 쏠림 현상이 그리 심하진 않았다.

뭐 당연한 이야기지만, 그렇다고 해서 마차가 휘청이지 않는다거나 지면에서 튕겨 솟아오르지 않은 건 아니었다.

콰드등-

달그르르륵-

"꺄악! 이게 뭐야!"

"으헉! 이건 너, 너무 빠르잖아!"

"대체 위에서 무슨 일이 일어나고 있는 거예요!"

그 때문이었는지 객실에서 쏟아지는 원망도 대단했다.

그러거나 말거나!

다르르륵-

아서베닝은 휘어지고, 지그재그였다가 갑자기 나타나는 오르막길을 거침없이 달렸다.

이 정도면 못해도 시속 3백에서 4백 킬로미터 정도는 될 터였다.

"베, 베닝아! 그만해!"

"그, 그래요! 베닝 님! 적당히 하셔야죠!"

"맞아! 베닝! 멈춰!"

주변과 객실에서 강한 항의가 쏟아진 후였다.

아서베닝이 안타깝다는 듯 입맛을 다시며 속도를 줄였다.

물론 크마시온의 '적당히' 발언에 아서베닝이 강한 살기를 일으키기도 했지만,

"히끅! 죄, 죄송합니다, 베닝 님."

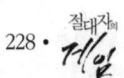

크마시온의 빠른 태세 전환 덕분에 화를 가라앉히기도 했다.

"너 조심해라."

"넵넵."

크마시온이 쩔쩔맸다.

"짜식."

아서베닝이 크마시온의 해골을 손으로 톡톡 두드리자 크마시온이 움찔했다.

별일은 일어나지 않았다.

그럴 만큼 두 녀석이 가까워졌다는 뜻이기도 하리라.

달그르륵-

철컹- 찰캉-

속도가 정상으로 돌아오자 아서베닝이 마차를 본래의 모습으로 되돌려놓았다.

"으, 으윽! 이, 이제부턴 제가 운전하겠습니다. 저, 정신이 바짝 드네요."

크마시온이 마부석으로 다가오자 아서베닝이 살짝 노려봐 주고는 운전대를 넘겨주었다.

"으흐흐! 앞으론 말조심하겠습니다."

두개골의 뒷머리를 긁적인 크마시온이 민망한 표정으로 한 말이었다.

"콱! 그냥."

"호호!"

고개를 흔들며 지붕으로 자리를 옮긴 아서베닝의 표정에는 아쉬움이 잔뜩 묻어 있었다.

하지만,

"그래! 잘했다! 크마시온! 네가 하는 운전이라면 안심할 만하지!"

"으으! 마차가 어찌나 흔들리던지 토할 거 같아."

"정말 잠이 다 확 깨네."

객실에서 들려오는 원성이 너무나 강했기에 아서베닝이 포기할 수밖에 없었던 거였다.

그래도 즐거운 건 즐거운 거였으니까!

"후아!"

아서베닝이 개운하다는 듯 양손을 활짝 펴며 말했다.

"이거 진짜 재미있어요. 담에 또 해야지."

"뭐어?"

"안 돼! 베닝!"

"그래요! 그 정도만 해요!"

일행들의 항의가 빗발쳤지만 아서베닝은 싱글벙글할 뿐이었다.

살짝 재미난 기분에 피식하고 웃은 이민준은 눈앞으로 지도를 불러와 확인했다.

'그나저나 꽤 일찍 도착했는걸?'

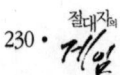

서서히 떠오르는 태양을 보니 아침이 다가온 것이다.

세상에! 아침이 되기 전에 토르투 영지에 도착했다니!

토르투 영지의 영주인 크리스탄에게 약속한 시간보다 굉장히 일찍 도착하게 되었다.

그 덕분에 여유를 부리며 천천히 마을 구경을 하고 있었는데 뜻밖의 장면이 눈앞에 펼쳐진 거였다.

토르투 영지로 들어와서 얼마 되지 않았을 때였다.

"주인님! 저기에 사람들이 모여 있습니다."

운전 중인 크마시온이 가장 먼저 발견했다.

대략 2~300명은 되어 보이는 사람들이 아침 조회라도 받는 것처럼 모여 있었다.

영지민으로 보이는 사람들이었다.

'뭐 하는 거지?'

이민준은 영지민들 앞쪽에 서 있는 사람들을 확인했다.

번쩍이는 갑옷과 무기를 든 무장 세력들이었다.

그런 그들이 주민 몇 명을 선발해서 막 뭔가를 하려 하고 있었다.

'설마 죽이려는 건가?'

갑옷을 입은 사내들에게서 풍기는 기운이 심상치가 않았다.

이민준은 말에서 내리는 사내의 머리 위에 달린 이름을

확인했다.
 크리스탄?
 이곳 토르투 영지의 영주이자 모험가 출신인 사내였다.
 '유저란 말이지?'
 이민준은 아주 짧은 순간이었지만 앨리스가 해 준 말을 떠올렸다.

 '제국의 발생지인 동부 이남 지역은 영주의 권한이 절대적으로 강한 지역이에요. 또한 그곳 영주들은 다른 지방 사람들의 간섭을 매우 싫어한답니다.'

 그래서 갈등할 수밖에 없었다.
 이 상황에 개입해야 하느냐, 마느냐에 대해서.
 번쩍-
 그러는 사이 영주의 검이 하늘 위로 치켜 올라갔고,
 "안 돼!"
 여린 소녀의 절규가 퍼져 나왔다.
 이건 어쩔 수가 없었다.
 눈앞에서 누군가가 죽는 걸 보는 것은 즐거운 일이 아니니 말이다.
 이민준은 빠르게 절대자의 자격을 불러일으켜서는 마법 스킬을 사용해 소리쳤다.

몬스터로부터 얻은 샤우팅 스킬이었다.

"말씀 좀 묻겠습니다!"

이민준의 말이 쩌렁대고 울리자 멀리 떨어진 사람들이 움찔했다. 그러고는 그들의 시선이 모두 이민준을 향했다.

순간 정신을 빼앗아 가는 소음이 주변을 울린 후였다.

'뭐, 뭐야?'

서둘러 정신을 차린 영주 크리스탄은 놀란 눈으로 뒤를 돌아보았다.

멀리서 마차 한 대가 다가오고 있었다.

말이 없는 마차.

그리고 그 위에 타고 있는 사람들, 아니 사람 둘과 뼈다귀 하나.

'한니발?'

크리스탄은 마부석에 서 있는 잘생긴 청년의 이름을 쉽게 알아볼 수 있었다.

'이런!'

그는 천천히 검을 회수했다.

'어떻게 이렇게 빨리 왔지?'

분명 어제 연락을 받았을 때는 오늘 오후에나 도착한다고 했었다.

여황제의 조사관 자격으로 오는 이들.

비록 자신의 권한이 크게 작용하는 영지였지만, 그래도 여황제의 사람들은 언제나 부담스러운 존재들이었다.

그래서였다.

이곳 마을 사람들을 모아 경고를 하고, 인질을 잡아 놓으려 한 게 말이다.

물론 눈앞에 있는 늙은 영감을 죽일 생각은 없었다.

그저 상처를 좀 주고 몇 대 팬 다음, 무작위로 끌어낸 사람들을 인질로 붙잡고 있을 생각이었다.

천민들을 다스리는 방법 중에는 공포만큼 확실한 방법이 없으니 말이다.

그런데 이런 타이밍에 한니발이 나타나다니!

'젠장! 일이 확실하게 뒤틀어졌군.'

크리스탄은 옆에 선 채로 자신의 명령을 기다리고 있는 기사 아크바에게 눈짓을 했다.

그러자,

"됐으니 물러가라. 어서 일을 시작해!"

눈치 빠른 아크바가 모여 있던 마을 사람들을 해산시켰다.

물론,

"어이, 거기 아까 선택된 사람들은 가지 말고 이쪽 마차로 와!"

인질로 사용될 사람들을 따로 연행하는 것도 잊지 않았다.

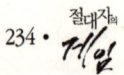

"아, 아버, 으흡!"

조금 전 반항을 했던 계집이 소리치려 하자 병사가 서둘러 그녀의 입을 막았다.

끄덕-

크리스탄은 고갯짓으로 탈리아를 치우라는 신호를 했다.

드르르륵-

그러는 사이, 말이 없는 마차가 가까이 다가왔다.

타닥-

마차에서 뛰어내린 한니발이 이쪽으로 다가왔다.

'흥! 할루스의 개!'

크리스탄은 자신의 감정이 겉으로 드러나지 않도록 최대한 조심했다.

터걱- 터걱-

한니발이 다가오며 말했다.

"반갑습니다, 영주님. 여황 폐하의 조사관인 한니발입니다."

"반갑소. 영주인 크리스탄 폰 트리안 백작이요."

크리스탄도 조심스럽게 한니발과 인사했다.

비록 눈앞에 있는 새파란 녀석이 작위를 가지고 있지는 않았지만, 어쨌든 여황제가 임명한 조사관이 아니던가?

한니발이 빠르게 주변을 둘러보았다. 상황을 파악하려는 것 같았다.

건방지게시리!

"오후에 온다더니 일찍 도착했나 봅니다."

크리스탄은 한니발의 시선을 방해하려고 일부러 앞으로 다가왔다.

"아! 네. 어쩌다 보니 일정이 당겨졌군요."

"잘됐군요. 아직 식사 전이지요?"

"그렇습니다."

"성으로 갑시다. 이곳 일은 신경 쓰지 말고요. 손님이 남의 집안일에 크게 관심 두는 것도 좋은 모양새는 아니지요."

크리스탄의 말에 한니발이 부드럽게 미소 지으며 말했다.

"그저 호기심이 좀 많은 편이라 그랬습니다. 영주님께 심려를 끼쳐 드렸다면 죄송할 따름입니다."

크리스탄은 내심 놀라고 말았다.

생긴 건 어려 보이는 사내가 이렇게나 유연한 대처를 할 수 있다니.

만만하게 봐서는 안 될 것 같았다.

크리스탄은 감정을 감추기 위해 천천히 움직이며 말했다.

"후후! 그렇게까지 생각할 필요는 없습니다. 자, 성으로 가시지요."

"알겠습니다."

크리스탄이 손짓을 하자,

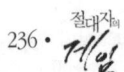

"성으로 간다!"

척- 척-

석상처럼 서 있던 병사들이 일사불란하게 움직였다.

이민준은 응접실을 둘러봤다.

식사를 끝낸 일행들이 잠시 자리에 앉아 차를 마시거나 수다를 떨고 있었다.

응접실에는 이민준과 일행들뿐이었다. 영주나 성과 관련된 사람들은 아무도 없다는 뜻이었다.

편하게 쉬라는 영주의 배려였다.

스슥-

자리에서 일어난 이민준은 창가 쪽으로 움직였다.

드륵- 드륵-

그러자 아서베닝과 크마시온도 자리에서 일어나 이민준에게 다가왔다.

이민준은 날카로운 눈빛으로 아서베닝을 쳐다봤다.

뜻하는 바를 눈치챘는지 아서베닝이 바로 텔레파시를 보내 주었다.

-형이 말한 대로 이곳은 크리스탄 영주로부터 감시를 받고 있어요.

-확실한 거지?

-네. 확실해요. 응접실 전체에 영주의 감시 마법이 작동

중이거든요.

이민준과 아서베닝, 그리고 크마시온이 함께 공유하는 텔레파시였다.

-제가 확인한 바로도 그렇습니다, 주인님.

크마시온이 뒤늦게 아서베닝의 주장을 뒷받침했다.

-그럴 줄 알았다.

이민준은 고개를 끄덕였다.

크리스탄 영주를 처음 만나는 순간부터 뭔가 좋지 않은 느낌을 받고 있었다.

그래서 의심하고 있었는데, 아니나 다를까?

감시 마법이 작동하고 있는 응접실을 내주다니!

살짝 기분이 나빠지려 했다.

'아니지.'

그러다 문득 다른 생각이 들기도 했다.

이곳은 크리스탄의 성이니까.

제국의 백작 정도 되는 사람이라면 자신의 집에 찾아온 낯선 손님을 감시하는 게 크게 이상한 일이 아닐 수도 있었다.

아무리 여황제의 조사관이라 할지라도 이민준과 카소돈은 대륙의 대표적인 할루스의 신자들이 아닌가?

디보데오를 신봉하는 자들이라면 그 점을 즐겁게 받아들이지는 못할 터였다.

'어쨌든 기분이 좀 그러네.'

고개를 흔들어 찝찝한 기분을 털어 낸 이민준은 아서베닝에게 텔레파시를 보냈다.

-네가 가진 마법으로 티 나지 않게 크리스탄 영주의 마법을 속일 수 있지?

-물론이죠! 그자는 자신의 마법이 제 마법에 가려져 거짓된 정보를 받고 있다는 걸 눈치조차 채지 못할 거예요.

역시 드래곤과 함께 다니니 여러모로 좋은 점이 많았다.

-그럼 뭘 망설여?

이민준이 눈짓을 하자 아서베닝이 바로 마법을 시전했다.

차라랑-

녀석이 가볍게 한 손을 들어 올리자 은색의 마법 가루가 응접실 전체로 퍼져 나갔다.

시간은 그리 오래 걸리지 않았다.

"됐어요, 형. 크리스탄도 더는 우리를 감시하지 못할 거예요."

아서베닝이 방긋 웃으며 한 말이었다.

"고생했다, 동생아."

"흐흐! 고생은요, 무슨."

인간의 칭찬에 흐뭇해하는 드래곤이라니!

이 일행에 대해 알지 못하는 누군가가 이 모습을 봤다면 아마 놀라서 까무러칠지도 모를 장면이었다.

하지만 이민준의 일행은?

"이야! 멋지십니다, 베닝 님."

"나 멋진 거 이제 알았어?"

"읔! 만나는 순간부터 알았습니다."

"그래, 인마. 그런 거지."

"뭔데? 베닝이가 또 뭘 했어, 오빠?"

"그런 게 있어."

"피이! 자기들끼리만 속닥거리고! 어쨌든 베닝이는 좋겠네. 매일같이 한니발 오빠한테 칭찬받고."

"뭐, 꼭 그런 건 아니야. 흠흠!"

인간에게 종속된 드래곤을 자연스럽게 생각하고 있었다.

"그렇군요. 어쩐지 크리스탄 영주로부터 느껴지는 기운이 그다지 호의적이지 않다고 생각했습니다."

이민준의 말을 들은 카소돈이 마치 그럴 줄 알았다는 듯 고개를 끄덕였다.

"저도 그래요. 크리스탄 백작은 대표적인 교황파 중 하나니까요. 그래서 말조심을 하고 있었죠."

앨리스 또한 덤덤하게 이 상황을 받아들이고 있었다.

"호호호! 역시 할아버지랑 언니도 그랬구나. 나도 찝찝한 기분이 들더라고요."

"우와! 우리 루나 많이 컸네. 그런 것도 눈치채고?"

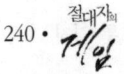

"에리네스 언니도 뭔가 수상한 낌새를 느끼고 있었죠?"
"그럼. 내 레벨이 얼만데."

이민준은 기분 좋게 미소 지으며 일행들을 바라봤다.

황궁개 3년이면 나이프로 스테이크를 썬다더니, 이민준과 함께 다니다 보니 일행들의 눈치 또한 굉장히 빨라진 것 같았다.

"그나저나 확실히 이곳 지역은 마기가 크게 작용하고 있는 것 같군요."

카소돈이 걱정스러운 표정으로 한 말이었다.

그건 이민준도 동감하는 바였다.

이곳 토르투 영지에 도착하자마자 어둠의 기운을 강하게 느끼고 있었으니 말이다.

"역시 마신 트리움의 기운이겠죠?"
"그렇습니다."

물론 다르게 보면 목적하던 곳에 제대로 도착했다는 뜻이기도 했다.

퀘스트 진행을 위해서 마신 트리움의 기운을 가져가야 하니 말이다.

이민준은 크마시온을 바라봤다.

평소와 달리 말수도 적어지고, 촐랑대는 행동도 부쩍 줄어들어 있었다.

트리움의 기운에 영향을 받고 있는 게 분명했다.

'트리움도 크마시온이 이곳에 왔다는 걸 느끼고 있는 거겠지?'

트리움이 목적하는 바는 크마시온의 몸을 강탈하는 거였다.

그리고 이민준은 그런 트리움의 욕망을 이용해서 놈의 기운을 크마시온의 몸에 가두는 것이고 말이다.

방법은 그다지 어렵지 않았다.

놈의 기운이 가장 강하게 남아 있는 곳이 어디인지를 알고 있으니 말이다.

그곳으로 가서 카소돈의 스킬을 이용해 트리움의 기운을 최대로 불러일으키면 되는 일이었다.

놈의 기운이 활발해지면 여지없이 크마시온을 욕심낼 테니까.

마음 같아서는 바로 달려가서 일을 해결하고, 주신의 숨겨진 두 번째 성지로 가고 싶었다.

하지만 그럴 수가 없었다.

"흐음."

이민준은 깊은숨을 내뱉었다.

작은 문제가 있었기 때문이다.

그리고 그 문제라는 건 바로 트리움의 흔적이 있는 장소로 들어가기 위해선 크리스탄의 힘을 빌려야 한다는 거였다.

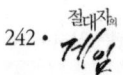

이민준이 불편을 감수하고라도 크리스탄을 만난 이유였다.

그렇지 않았다면 굳이 영주를 거치지 않고 바로 문제의 지역으로 갔을 테니 말이다.

드륵-

이민준은 자리에서 일어나 창가 쪽으로 다가갔다.

그다지 어려운 일이 아님에도 바로 해결하지 못한다는 답답함이 마음 한구석을 차지하고 있었다.

'뭐지? 이 불편한 기분은?'

크마시온의 생존에 관한 문제 때문이었을까? 아니면 아까 들판에서 마주쳤던 소녀의 눈빛 때문이었을까?

후욱- 후욱-

그렇게 생각하니 오른손에 있는 주신의 상처가 서서히 달아오르기 시작했다.

알지 모를 불안 요소가 존재할 때마다 주의하라는 듯 작동하는 주신의 상처다.

끄덕-

그래. 이곳에는 분명 무언가가 있는 거다.

빠득-

주먹을 강하게 쥔 이민준은 날카로운 눈빛으로 창밖을 노려봤다.

터걱- 터걱-

크리스탄은 지하 복도를 걸었다.

머릿속이 복잡했다. 느닷없이 들이닥친 불청객들 때문이었다.

'주신의 전사란 말이지?'

어제 연락을 준 그들 때문에 크리스탄은 발 빠르게 움직일 수밖에 없었다.

누가 정보를 흘리기라도 했나?

그렇지 않고서야 어떻게 정확하게 이곳을 찾아올 수 있단 말인가?

'젠장!'

주체할 수 없는 분노가 가슴속에서 치솟아 올랐다.

마음 같아선 누군가를 마구 죽이고도 싶었다.

하지만 그래선 안 된다.

중요한 순간을 앞두고 부정이 탈 만한 행동을 해서는 안 되는 거니까.

"후우!"

크리스탄은 뜨거운 숨을 내뱉으며 서서히 마음을 가라앉혔다. 흥분한다고 달라지는 건 아무것도 없었다.

'망할 자식들!'

놈들이 타이밍 좋게 토르투 영지에 나타났다고 해도 어차피 주도권을 쥐고 있는 건 자신이었다.

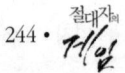

오늘이 지나면 놈들도 일이 크게 꼬였다는 걸 알게 될 거다.

크리스탄은 좁은 복도를 지나 넓은 장소로 발을 들였다.

까강- 까강-

콰직- 콰직-

커다란 지하 시설물이었다. 오랜 기간 공을 들여 만들고 있던 장소이기도 했다.

촤악- 짝-

곳곳에서 채찍질하는 소리가 울려 퍼졌다.

"크읔!"

"뜸들이지 말고 서둘러라! 오늘 오후 중에는 작업을 마무리해야 한다!"

"어흑!"

"이 새끼 안 일어나? 어디서 꾸물거려! 영주님의 명만 아니었다면 확! 목을 베어 버렸을 거다!"

지하 시설물 안에는 수많은 작업자와 이들을 보채고 있는 감시자들로 채워져 있었다.

바쁜 시기였다.

오늘 중으로 마무리를 짓지 못하면 아무런 소용이 없는 거니까.

크리스탄은 입구에 선 채로 지하 시설물을 둘러보았다.

그때였다.

"나오셨습니까? 영주님."

검은 로브를 입은 사제였다.

크리스탄이 말했다.

"공사는 차질 없이 완성될 수 있겠지?"

"물론입니다, 영주님. 어둠이 내리기 전에 모든 공사가 마무리될 겁니다."

"일이 급하게 됐다. 원치 않는 불청객들이 들이닥쳤거든."

"비록 일정보다 한 달가량이 앞당겨진 거지만, 그 정도를 채울 만큼 열심히 준비했습니다."

"그래. 고생했군."

잠시 공사장 쪽을 바라본 사제가 다시금 시선을 돌리며 물었다.

"할루스의 개들이라 들었습니다. 혹여 우리 일을 눈치채고 온 건 아니겠지요?"

"그런 건 아닌 것 같더군. 하지만 놈들이 목적하는 건 분명히 알고 있잖아?"

크리스탄의 말에 검은 로브의 사제가 고개를 갸웃하며 물었다.

"물론 알고 있었죠. 그렇지만 이해가 안 되는 것도 있습니다. 놈들이 아무리 주신의 개라고 해도 트리움의 기운을 어찌하지는 못할 텐데요?"

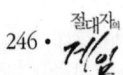

"그건 알 수 없는 거지. 그리고 이 일이 완성되면 그놈들의 목적 따윈 중요한 것도 아니고 말이야. 어쨌든 나는 놈들을 잡아 둘 테니, 그대는 오늘 중으로 모든 의식을 마무리할 수 있도록 하게."

"분부대로 하겠습니다."

검은 로브의 사제가 고개를 숙여 인사를 하고는 공사 중인 현장으로 가 버렸다.

크리스탄은 의미심장한 눈으로 바닥에 그려진 마법진을 바라보았다.

"영주님!"

밖으로 나오자 기사 아크바가 기다리고 있었다는 듯 크리스탄에게 다가왔.

크리스탄은 날카로운 눈빛으로 물었다.

"다인 마을 놈들에겐 확실하게 주의를 시킨 거지?"

"물론입니다, 영주님. 저들이 이방인들에게 헛소리를 지껄이지 못하도록 확실하게 못을 박아 두었습니다."

크리스탄은 고개를 끄덕였다.

한결 마음이 가벼웠다.

아침에 마무리 지으려던 일을 이제야 해결했다.

물론 마을 사람들을 협박한 건 하나의 보험 같은 거다.

놈들이 트리움의 흔적으로 가겠다며 떼를 쓸 경우를 대

비해야 하니까.

'하지만 난 그럴 마음이 전혀 없지.'

크리스탄은 최대한 오늘 저녁때까지 한니발 일행을 성내에 묶어 둘 생각이었다.

필요하다면 완력이라도 사용할 생각이었다.

그럴 만큼 오늘 시행될 피의 제사는 크리스탄에게 중요한 행사였다.

"푸읍! 흐윽!"

탈리아는 배 속이 뒤집어질 것만 같은 통증을 느끼며 눈을 떴다.

잠시 정신을 잃었던 것 같았다.

손으로 바닥을 짚어 보았다.

자각-

차가운 기운이 느껴졌다.

돌로 된 바닥임에 틀림이 없었다.

'대체 어떻게 된 거지?'

탈리아는 정신을 잃기 전의 상황을 떠올려 보았다.

아침이었다.

영주가 아버지를 죽이려 했고, 그걸 막기 위해 뛰어나갔던 기억이 있었다.

그러고는?

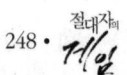

그래.

누군가가 나타났고, 영주가 서둘러 마을 사람들을 돌려보냈었다.

'하지만 나는 병사들의 손에 잡혀 왔지.'

마을 인근에 있는 동굴이었다.

아버지와 함께 마차 뒤에 태워져 동굴로 끌려온 거다.

마차에서 막 내린 다음이었다.

영주의 오른팔인 기사 아크바의 무식한 폭행이 이어졌다. 감히 영주에게 덤빈 죗값이었다.

탈리아는 아크바가 몇 대를 때리고 말겠거니 생각했었다.

하지만 아크바는 그럴 생각이 없었던 듯 무식한 주먹을 마구 휘둘러 댔다.

거기까지였다.

그렇게 정신을 잃고 지금 깨어난 거였다.

'대체 여긴 어디지?'

여전히 처음 끌려온 그 동굴이었을까?

한 번 잡혀가면 절대로 나갈 수 없다는 그 동굴?

자가락-

"흐윽."

탈리아는 끔찍한 고통을 이겨 내며 자리에서 일어났다.

"흐으!"

"허어."

멀지 않은 곳에서 희미한 신음이 들려왔다.

'아버지?'

탈리아는 최대한 집중하며 주변을 둘러보았다.

"아!"

순간 소름이 온몸을 굳게 만들었다. 상상조차 하지 못했던 장면이 눈앞에 펼쳐졌기 때문이다.

이곳은 마치 정육점의 지하 창고 같은 분위기였다.

쇠줄에 묶여 공중에 매달려 있는 사람들.

곳곳에 걸린 횃불에 비친 사람의 숫자는 못해도 수백 명은 넘어갈 것 같았다.

저걱- 저걱-

겁을 먹은 탈리아는 저도 모르게 뒷걸음질을 쳤다.

너무나 무서웠기 때문이다.

그때였다.

턱-

"흡!"

두터운 손이 탈리아의 양어깨를 잡았다.

탈리아는 놀란 눈으로 뒤를 돌아보았다.

무섭게 생긴 투구를 쓴 기사였다.

기사가 굵직한 목소리로 말했다.

"어때? 장관이지? 오늘 피의 제사 때 쓰일 제물들이야. 후후! 물론 너도 포함이지. 아침에 그 난리만 치지 않았어도 살 수 있었을 텐데. 안타깝군, 소녀."

기사는 마치 포대 자루를 들듯, 한 손으로 가볍게 탈리아의 몸을 들었다.

탈리아는 움직일 수조차 없었다.

아니, 숨조차 쉬어지지 않는 것 같았다.

그만큼 겁을 먹었기 때문이다.

제9장

트리움의 기운

절대자의 게임

 이민준은 정면에 선 사내를 바라보았다.
 크리스탄 성의 나이 든 집사였다.
 그는 미안한 표정을 지은 채로 이민준의 눈치를 살피고 있었다.
 "그러니까 점심은 우리끼리만 먹으라는 말이죠?"
 이민준의 말에 집사가 허리를 굽실거리며 말했다.
 "영주님께서는 영지에 급작스러운 일이 발생하는 바람에 잠시 자리를 비워야 한다셨습니다. 황성에서 오신 손님들을 제대로 모시지 못해 죄송하다는 말도 꼭 전해 달라고 하셨고요."
 그런 식으로 나를 피하시겠다?

이민준은 고개를 끄덕였다.

크리스탄이 처음부터 무언가를 숨기고 싶어 하는 눈치였다는 건 이미 알고 있었으니까.

굳이 그자와 함께 점심을 먹을 필요는 없는 거였다.

'밥 먹는 자리에서 얼굴을 맞대고 있으면 내가 계속 요구를 할까 봐 그러는 거지?'

대체 트리움의 흔적을 보여 주고 싶어 하지 않는 이유가 무엇일까?

크리스탄이 아침에 보여 준 모습을 생각해 보면 지금의 행동이 이해가 되지 않았다.

이민준은 집사를 바라보았다.

그는 이민준과 눈을 마주치지 않으려는 듯 자신의 손과 바닥, 그리고 주변을 슬쩍슬쩍 둘러보고 있었다.

영주가 그렇다는데 죄 없는 집사를 괴롭힐 필요는 없는 거다.

이민준은 부드럽게 미소 지으며 말했다.

"알겠습니다. 그렇게 하도록 하지요."

"그럼 식사는 정시에 차려 놓도록 하겠습니다."

"어디예요?"

"연회장입니다. 신경 써서 준비하도록 하겠습니다."

"그럴 필요 없어요. 주인도 없는데 연회장은 좀 과한 것 같군요. 그냥 간단한 음식만 추려서 이곳으로 가져다주세요."

"응접실로 말입니까?"

"왜요? 안 되나요?"

"아, 아닙니다. 분부대로 하겠습니다. 뭐 더 시키실 일은 없으십니까?"

"네. 없어요."

"알겠습니다. 그럼 전 이만."

말을 마친 집사가 서둘러 꽁무니를 뺐다.

혹여나 주신의 전사가 자신을 붙들고 영주를 내놓으라고 할까 봐 겁을 먹은 것 같았다.

'착각도 참.'

언제나 죄를 지은 사람들이 더욱 티 나게 행동하는 법이었다.

고개를 흔든 이민준은 응접실의 문을 닫았다. 그러고는 일행들이 모인 소파에 가서 앉았다.

"집사는 간 거죠?"

"응."

이민준이 확인해 주자 아서베닝이 다시금 마법을 이용해 탁자 위에 마법 홀로그램을 만들었다.

트리움의 흔적이 갇혀 있는 히라바이 산이었다.

이민준은 푸른빛으로 그려진 마법 모형을 뚫어져라 쳐다봤다.

아침에 지나온 다인 마을과 인접한 산이었으며, 특수한

마법진으로 보호를 받고 있는 산이기도 했다.

"그러니까 영웅 바리얀이 자신의 목숨을 바쳐서 히라바이 산 안에 트리움의 흔적을 묶어 두었다는 말이지?"

((흐어어! 맞습니다, 주인님.))

이민준의 물음에 킹 섀도우 나이트가 고개를 끄덕이며 대답했다.

킹 르이벤은 영웅 바리얀과 동시대의 사람이었으니까.

지금 응접실에 있는 그 누구보다 오래된 역사에 대해서 잘 알고 있는 건 당연한 일이었다.

킹 섀도우 나이트가 계속해서 말했다.

((히라바이 산에 묶여 있는 트리움의 흔적으로 접근하려면 수문장의 열쇠가 필요합니다.))

수문장의 열쇠.

토르투 지역의 영주가 받게 되는 아이템 중 하나이며, 목숨을 걸고 트리움의 흔적이 밖으로 나가지 못하게 지켜야 하는 책임 또한 지고 있기도 했다.

강력한 영웅의 기운으로 묶여 있는 트리움의 흔적.

이민준은 고개를 갸웃했다. 아침 식사 때 크리스탄 백작이 한 말이 떠올랐기 때문이다.

"토르투의 영주로서 트리움의 흔적을 지키는 일은 정말 힘든 의무지요. 마기가 대륙으로 퍼져 나가지 않게 신경 써야 하는 일이니까요."

 이민준은 그런 크리스탄에게 도움을 주겠다고 말했었다.

 자신들이 이 마을의 골칫거리인 트리움의 흔적을 모두 없애 주겠다고.

 그러자 크리스탄이 놀란 눈으로 물었다.

 "정말입니까? 한니발 님께서 트리움의 흔적을 완벽하게 없애 주실 수 있다는 말입니까?"

 "물론입니다."

 "오오! 이럴 수가! 이건 정말 신의 축복이군요!"

 크리스탄은 진심으로 반색하며 좋아하는 것 같았었다.

 그런데 이제 와서 자신을 피하고 있다고?

 그렇다면 아침에 보여 준 모습은 순전히 연기였다는 말인가?

 "흐음."

 답답한 숨을 내뱉었다.

 크리스탄이 이렇게까지 행동한다는 건 분명 무언가를 숨기고 싶어 한다는 뜻일 거다.

 이민준은 고개를 끄덕이며 말했다.

 "다들 예상은 하셨겠지만 지금 크리스탄 영주가 시간을 끌고 있는 것 같습니다."

 카소돈이 대답했다.

"흐음, 저도 그런 느낌을 강하게 받고 있습니다. 그렇지 않는다면야 아침을 먹은 후 바로 우리를 히라바이 산으로 안내했어야겠지요."

"저도 그렇게 생각해요."

"맞아, 맞아. 그 영주라는 사람 좀 이상해."

일행들도 모두 같은 생각인 거 같았다.

드륵-

이민준은 자리에서 일어섰다.

일행들과 함께하고 있는 일은 멸망으로부터 세상을 지키는 일이다.

무엇보다 중요한 일이었기에 여황제의 이름으로 크리스탄 백작을 강제할 수도 있었다.

하지만 그렇게 하지 않는 건?

지금 당장이야 교황의 자리가 공석인 덕분에 여황제의 힘이 강하게 작용하고 있지만, 자칫 이민준이 영지를 돌아다니며 교황파들을 억압한다는 소문이라도 나돌면 상황이 묘하게 돌아갈 수도 있을 터였다.

7개의 성지 중 고작해야 하나를 해결한 것뿐이다.

이번 퀘스트를 뺀다고 해도 앞으로 총 5개의 성지를 활성화해야 하는데, 그러려면 여황제의 힘이 절대적으로 필요하다.

괜스레 여황제에게 피해가 갈 행동을 해서 좋아질 게 없

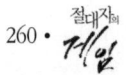

다는 뜻이기도 했다.

이민준은 눈에 힘을 주었다.

그렇다고 지금처럼 손만 놓고 있어야 할까?

아니! 이럴 땐 현명한 타개책을 찾는 게 우선이었다.

이민준은 자신을 바라보고 있는 일행들에게 말했다.

"아무래도 우리가 직접 나서야 할 때인 것 같군요."

"맞아요, 형. 이렇게 응접실에서 시간이나 때우는 건 제 취향은 아닌 거 같아요."

"후후! 저 또한 동감하는 바입니다."

아서베닝과 카소돈이 이민준의 의견에 힘을 보태 주었다.

이민준은 모두를 둘러보며 말했다.

"좋습니다. 그럼 슬슬 움직여 볼까요?"

"네네! 좋아요!"

"서둘러서 움직이죠."

((흐어어.))

모처럼 일행들의 얼굴에 활기가 가득했다.

"점심을 응접실에서 먹는다고 했다고?"

"맞습니다, 영주님."

"그래서 먹을 거는 가져다줬고?"

"물론입니다. 간단하게 차려 달라고 했지만, 왠지 서운하실 거 같아서 푸짐하게 차려 드렸습니다."

"흠, 그렇군. 근데 혹시 그자들 중 누구 하나 보이지 않는 사람은 없었나?"

"예. 없었습니다. 제가 직접 두 눈으로 확인했습니다. 아침에 오신 손님들 모두 응접실에 계셨습니다."

"그렇단 말이지?"

크리스탄은 손으로 턱을 쓸었다.

이것들이 왜 이렇게 조용하지?

오전 내내 응접실에 방치를 해 두고 있었다.

그런데도 불만 없이 조용히 응접실에서 지내고 있다니, 생각했던 것보다 일이 쉽게 돌아가는 느낌이었다.

크리스탄은 자신의 집사에게 말했다.

"자네는 계속해서 한니발 일행을 주시하게. 밖으로 나가려고 하면 무슨 핑계를 대서라도 최대한 못 나가게 하고 말이야. 알겠나?"

"분부대로 하겠습니다, 영주님."

"그래. 그럼 이만 가 보게."

"네. 물러가겠습니다."

허리를 숙여 인사를 한 집사가 서둘러 말을 타고는 사라졌다.

'허어! 참.'

뭔가 일이 굉장히 쉽게 풀리는 기분이었다.

물론 그렇다고 해도 방심을 해서는 안 되지.

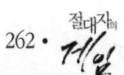

후웅-

주문을 외운 크리스탄은 마법을 사용해 눈앞에 마법 영상을 불러냈다.

응접실에 모인 사람들은 식사를 하느라 정신이 없어 보였다.

(오호! 이곳 음식이 생각보다 맛있군.)

(그러게요. 오늘은 이렇게 느긋하게 하루를 보내는 것도 나쁘지 않겠어요.)

(하하! 간만에 휴가를 온 기분이네. 이곳 성주가 우리를 꽤 대접하는 거 같지?)

(맞아, 맞아. 난 이거 먹고 응접실에서 낮잠이나 자야겠다.)

마법 영상에 비친 사람들은 매우 느긋한 모습이었다. 그리고 그들은 다름 아닌 한니발 일행들이었다.

'흥! 결국 게으른 것들이란 말이지?'

쉬익-

크리스탄이 손을 흔들자 마법 영상이 사라졌다.

'괜히 걱정했잖아.'

저들이 저렇게 늘어져 있다면 더는 신경 쓸 필요가 없다는 소리였다.

"퉤."

바닥에 침을 뱉은 크리스탄이 동굴로 향했다. 걱정거리도 사라졌으니 서둘러 이번 일을 마무리할 생각이었다.

'모든 게 끝나 가는군. 흐흐! 이젠 나도 의원 자리에 앉을 수 있는 건가?'

짜릿한 기분에 몸서리를 친 크리스탄이 표정을 관리하며 동굴로 들어섰다.

"으흐! 이거 정말 맛있어요. 냠냠! 언니들도 어서 먹어요. 식으면 맛이 없다고요. 꿀꺽!"

루나가 신이 나서 음식들을 뜯고 있었다.

귀족가에서 차려 준 점심 아니랄까 봐 과하다 싶을 정도로 잔뜩 차린 음식이었다.

'응접실에서 간단하게 먹는다고 했는데도 이렇게 차리다니.'

앨리스는 고개를 흔들었다.

우리가 고작 음식에 정신이 팔릴 사람으로 보이는 건가?

물론 저들이 그렇게 생각한다면 그건 정말 좋은 징조였다.

한니발과 다른 일행들이 이곳을 빠져나간 걸 눈치채지 못했다는 증거였으니 말이다.

앨리스는 주변을 둘러보았다.

실제로 응접실에 남은 사람은 루나와 에리네스, 그리고 자신까지 포함해서 총 3명이었다.

하지만,

"후후! 이것도 맛있군."

"맞아요. 정말 괜찮은 음식이에요."

"허허! 입에 짝짝 달라붙는군요."

한니발과 아서베닝, 그리고 그 외에 일행들까지 모두 응접실에 있는 것 같은 착각을 불러일으키고 있었다.

드래곤의 마법이었다.

마치 모든 일행이 이곳에 남은 것처럼 보이게 하는 착각 마법.

역시나 드래곤은 대단하다는 생각이 들었다.

드륵-

앨리스는 자리에서 일어났다.

입맛이 없어서였다.

'내가 큰 도움을 주지 못한다고 생각하는 걸까?'

한니발은 마법을 이용해 밖으로 나가면서 앨리스에게 루나와 에리네스를 부탁했다.

그녀라면 두 사람을 충분히 챙길 수 있다고 믿기에 한 선택이라고 말하기도 했다.

앨리스 또한 한니발의 마음을 충분히 이해했다.

이번 퀘스트에서 가장 중요한 건 크마시온이었고, 트리움의 기운을 불러내려면 카소돈이 필요했으니까.

한니발은 정확하게 필요한 인원만 추려서 간 거였다.

하지만 그렇다고 해도 서운한 건 어쩔 수 없는 일.

'나도 그분에게 도움이 되고 싶었는데.'

앨리스는 한니발이 조금은 과할 정도로 자신을 보호하고 있다는 느낌을 받았다.

물론 한니발의 보살핌이 싫은 건 아니었다.

그렇지만 그것보단 뭔가 한니발에게 큰 힘을 줄 수 있는 동료가 되고 싶은 마음이 더 컸다.

"후우."

앨리스는 크게 숨을 내뱉었다.

한니발에게 도움을 주기 위해서는 지금보다 더욱 성장해야 한다.

그래야 그분께 빚진 목숨 값도 갚을 수 있고, 현실의 부모님께 돈을 전달해 준 은혜도 갚을 테니 말이다.

'제가 꼭 보답할게요, 한니발.'

앨리스는 주먹을 굳게 쥐고는 다짐했다.

사사삭-

이민준은 일행들과 함께 조심스럽게 움직였다.

단거리 순간 이동 마법을 이용해서 짧게 짧게 몇 번을 이동한 후였다.

잦은 마법에 노출되어 속이 조금 매스껍고, 머리가 살짝 어지러웠지만 어쩔 수 없는 일이었다.

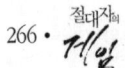

크리스탄 영주군의 눈에 띄지 않고 히라바이 산까지 오기 위해선 어쩔 수 없었으니 말이다.

'후우! 사람들이 단거리 이동 마법을 자주 사용하지 않는 이유를 알겠네.'

이민준은 크게 숨을 내쉬며 속을 진정시켰다.

자각-

눈앞으로 완만한 곡선을 가진 산이 시야에 들어왔다.

'저기란 말이지?'

히라바이 산이다.

이민준은 머릿속에 넣어 두었던 히라바이 산의 모형을 떠올리며 산을 훑었다.

'음?'

그러자 처음 봤던 모형과 달라진 부분이 눈에 띄었다.

이민준은 아서베닝에게 텔레파시를 보냈다.

-베닝아, 네가 보여 줬던 지도에는 저 동굴이 없었지?

-맞아요. 저 동굴은 없었어요.

-역시 네가 수상한 지점을 제대로 찾은 거구나.

원래대로라면 산의 반대편으로 갔어야 옳았다.

마신 트리움의 흔적이 봉인된 지점은 히라바이 산의 뒤편이니까.

하지만 이곳으로 오면서 뭔가 이상한 낌새를 눈치챈 아서베닝이 이민준에게 알려 주었고, 이민준은 빠르게 결정하여 본래의 목적지가 아닌 이곳 밀밭 쪽으로 방향을 잡은 거였다.

수상한 동굴이다. 더군다나 강력한 마력이 느껴지고 있기도 하고 말이다.

이민준은 일행을 돌아보며 텔레파시를 보냈다.

-우선은 베닝이와 제가 저 안을 확인해 보겠습니다. 카소돈 님은 킹 섀나와 크마시온과 같이 여기 잠시 숨어 계세요.

-알겠습니다. 조심해서 다녀오세요.

이민준은 고개를 끄덕여 주었다. 그러고는 아서베닝을 바라보았다.

그러자 뜻하는 바를 눈치챈 아서베닝이 서둘러 마법을 시전했다.

대략 10여 분 정도 모습을 사라지게 만들 수 있는 투명 마법이었다.

츠츠츠-

아서베닝이 마법을 완성하자 거짓말처럼 이민준과 아서베닝의 몸이 투명하게 변했다.

사용 시간에 제한이 있는 마법이었다.

-가자! 베닝!

-네! 형!

이민준은 서둘러 동굴 쪽으로 달렸다.

※ ※ ※

크리스탄은 마법진이 그려진 바닥을 둘러보았다.

'그래, 오늘 밤이면 끝이군.'

어둠의 사제가 말한 '의식을 시작할 수 있는 시점'은 대략 해가 질 무렵이라고 했었다.

살짝 조급함이 일었다.

한니발 일행의 게으름을 두 눈으로 확인했다고는 해도, 영지에 불청객들이 자리를 잡고 있다는 건 역시나 큰 부담이니까.

크리스탄은 시간부터 확인했다. 해가 지기까지는 대략 4시간에서 5시간 정도 남은 상태였다.

'조금만 더 서두를 수는 없는 건가?'

그렇게 생각을 할 때였다.

터컹-

"음?"

크리스탄은 소리가 난 쪽을 바라보았다.

커다란 벽이 열리는 소리였다.

그러고는,

득득득득득-

천장에 만들어 놓은 복잡한 마법 장치가 움직이기 시작했다.

크리스탄은 놀란 눈으로 벽 쪽을 바라보았다.

츠르르릉-

쇠사슬에 묶인 사람들이 공중에 뜬 채로 줄줄이 나와 마법진을 빙 두르기 시작했다.

"오오!"

그는 심장이 두근거림을 느꼈다.

'설마?'

마법 장치가 움직이고 있다는 건 모든 준비가 끝났다는 뜻일 것이다.

아니나 다를까?

"때에 맞춰 잘 오셨습니다, 영주님. 막 연락을 드리려던 참이었습니다."

검은 로브를 입은 사제가 그림자처럼 걸어오며 말했다.

크리스탄이 물었다.

"벌써 준비가 끝났단 말인가?"

"그렇습니다. 예상보다 일찍 끝낼 수 있었습니다."

크리스탄은 의아한 눈으로 사제를 바라보았다.

사제의 이름은 카나드였다.

마왕 다이케로스의 사제.

능력이 출중한 사내였다.

마기를 다루는 실력도 남달랐고, 사람을 부리는 능력도 뛰어난 자다.

하지만 그렇다고 해도 앞당기고 앞당긴 일정을 어떻게 이리도 빨리 끝낼 수 있단 말인가?

아무리 최선을 다한다고 해도 해가 지기 전까지는 어렵다고 하지 않았던가?

그런 크리스탄의 의문을 눈치챘는지 카나드가 고개를 끄덕이며 말했다.

"의원님이 오셔서 도와주신 덕분입니다."

"뭐? 의원님이 오셨다고?"

"그렇습니다."

이건 전혀 예상치 못한 대답이었다.

'연락도 없이 어떻게?'

순간 심장이 멎는 기분이었다.

이 얼마나 기대하고 갈망하던 순간인가?

"정말 의원님께서 오셨단 말이지?"

크리스탄은 긴장된 눈으로 주변을 둘러보았다.

그러자,

"그동안 고생이 많았겠군요, 크리스탄 백작."

마법진 너머에서 의원의 목소리가 들려왔다.

후욱-

무언가 빠르게 다가오는 기분이었다. 그러고는 어둠이 뭉쳐져 형상을 만들듯, 위원회의 의원인 오도스가 거짓말처럼 눈앞에 나타났다.

"의, 의원님!"

크리스탄은 서둘러 예를 갖췄다.

"어어! 그럴 필요 없어요, 크리스탄 백작. 이젠 우리도 한 식구가 되는 것 아닙니까?"

"영광입니다, 의원님."

"이게 다 그대의 노력 덕분 아니겠습니까? 뛰어난 공적을 쌓은 그대이니 이젠 우리와 같은 반열에 오르게 되는 거지요."

"아아, 진정으로 바라던 순간입니다."

"후후후! 그 마음 이해합니다. 디보데오를 버리고 다이케로스 님을 모시게 된 것을 환영합니다."

"정말 열심히 하겠습니다."

"당연히 열심히 해야지요. 그리고 그러기 위해선 오늘의 의식을 완벽하게 끝내야 하는 것도 물론이고요."

"그렇습니다. 문제없이 준비했습니다. 방해될 건 아무것도 없습니다."

"정말 그렇게 생각하는 건가요?"

"예?"

크리스탄은 놀란 눈으로 오도스를 쳐다봤다. 그러자 오도스가 미소 지으며 말했다.

"아직은 그대의 능력이 완벽하지 않다는 걸 잘 알고 있습니다. 놈들의 기만술에 속을 정도로요. 그래서 제가 온 거

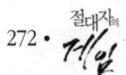

기도 하고요."

이게 대체 무슨 소리지?

크리스탄은 오도스가 하는 말을 이해할 수 없었다.

그러나 오도스는 그런 크리스탄의 생각을 그다지 중요하게 생각하지 않았다.

저걱- 저걱-

오도스가 앞으로 걸으며 말했다.

"꼬리를 달고 왔더군요, 크리스탄."

"꼬, 꼬리요?"

"할루스의 개 말입니다. 카소돈이라는 사제와 함께 다니는 자이지요."

"그, 그게……."

크리스탄은 빠르게 머리를 굴렸다.

분명 마법을 통해 놈들의 위치를 확인했었다. 그것도 조금 전에 말이다.

그런데 어떻게 한니발이 이곳에 나타날 수 있단 말인가?

크리스탄이 고개를 갸웃할 때였다. 오도스가 얼굴에서 미소를 지우며 말했다.

"그대는 내가 위원회에 추천을 한 사람입니다. 내 체면도 있으니 쉽게 버릴 수 있는 사람은 아니지요."

"며, 면목 없습니다, 의원님."

"실수는 한 번으로 충분합니다. 잘못을 만회하기 위해선 피의 제사를 확실하게 마무리 짓도록 하세요."

"하지만 놈들이 이곳에 나타났다고 하지 않으셨습니까?"

"제가 이곳에 왜 왔겠습니까? 단순히 피의 제사나 돕자고 왔다고 생각하십니까?"

"그, 그렇다면 저들이 우리를 방해할 거란 걸 미리 알고 계셨단 말입니까?"

"예상했을 뿐입니다. 놈들이 이곳을 향한다는 소식을 들었을 때 말이죠. 한니발은 내 손으로 막을 테니, 그대는 서둘러 의식을 시작하도록 하세요."

"부, 분부대로 하겠습니다."

크리스탄이 대답을 한 후였다.

츠츠츠-

오도스의 모습이 감쪽같이 사라져 버렸다.

주변을 둘러보았다.

츠으으-

동굴 안은 불길한 기운으로 가득 차 있었다.

이민준은 아서베닝을 돌아보며 조용히 말했다.

"아무리 봐도 이건 트리움의 기운이 맞는 것 같은데?"

"맞아요. 굉장히 강하게 느껴지고 있어요."

"이상하지?"

"네. 이 정도면 트리움의 흔적을 봉인하고 있는 장치가 작동을 하지 않고 있다고 봐도 무방할 거예요."

이민준은 고개를 끄덕였다. 아서베닝의 의견에 100퍼센트 동감하기 때문이었다.

이곳 동굴에서 뭔가 일이 벌어지고 있는 거다.

그렇지 않고서야 어떻게 트리움의 기운이 이렇게나 강하게 느껴질 수 있단 말인가?

이 정도의 기운이라면 트리움의 흔적이 통째로 이곳 동굴로 쏠려 들어왔다고 해도 과언이 아닐 것이다.

'그게 가능해?'

이해가 가지 않는 부분이었다.

트리움의 흔적이 풀렸다면 놈의 기운이 세상으로 퍼져 나갔어야 옳았다.

그런데도 놈의 기운은 밖으로 나가지 않은 채로 온전히 이곳 동굴 안에 머물러 있기만 했다.

그리고 그건 누군가 강제로 트리움의 기운을 붙들고 있다는 뜻이기도 할 거다.

'확실히 뭔가가 있구나!'

크리스탄이 목적하는 바가 무엇인지는 모르지만, 아무리 봐도 좋은 의도는 아닌 것 같았다.

이민준은 아서베닝에게 물었다.

"여기서 밖으로 텔레파시를 보낼 수 있을까?"

"시도는 할 수 있지만, 이곳엔 트리움의 기운뿐만 아니라 크리스탄의 마법도 작동하고 있어요. 형이 텔레파시를 보내는 순간 크리스탄이 바로 눈치를 챌 거예요."

어느 정도 예상을 하고 물었던 부분이었다.

복잡하고 불길한 기운이 가득 들어찬 동굴이다.

여기서 자칫 주신의 기운이나 마법 비슷한 무언가를 사용하게 되면 잠입 상태가 깨지게 될 것이다.

이민준은 고개를 흔들었다.

그렇다고 둘이서만 동굴 안으로 진입하는 데에는 문제가 있었다.

트리움의 기운이 활성화되고 있으니까.

시간을 끄는 사이 트리움의 기운이 사라지기라도 하면 두 번째 퀘스트는 물 건너가고 말 것이다.

이민준이 잠시 고민하는 사이, 아서베닝이 더욱 가까이 다가와서는 말했다.

"제가 나갔다 올게요. 가서 크마시온과 일행들을 데려올게요."

아서베닝도 깨달은 거다.

지금 일이 돌아가는 형상을 보니 아무래도 이곳 동굴에서 시간을 끌었다가는 두 번째 퀘스트가 엉망이 될지도 모른다는 것을 말이다.

이민준은 아서베닝을 쳐다봤다.

마법을 사용해 크리스탄의 알람 마법을 속일 수 있는 존

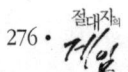

재는 아서베닝뿐이었다.

다른 일행들을 몰래 잠입시키려면 결국은 아서베닝이 나서야 한다는 소리다.

"부탁해도 될까?"

"당연하죠, 형. 서운하게 왜 그런 걸 물어요?"

'짜식.'

이민준은 아서베닝에게 살짝 웃는 얼굴을 보여 주었다. 그러자 아서베닝도 방끗 웃어 주고는 바로 동굴 밖을 향해 달려 나갔다.

쉬식-

아서베닝은 최대한 마나의 기운이 밖으로 새어 나가지 않게 조심하며 동굴을 벗어났다.

비록 자신보다 레벨이 낮은 크리스탄이 만든 마법이지만, 알람 마법은 민감도가 굉장히 높은 마법이었다.

더군다나 현재 동굴 안은 여러 가지 기운이 얽혀서 혼란스러운 상태이기도 했다.

작은 마법 반응도 크게 증폭될 가능성이 있다는 뜻이다.

스팟-

동굴을 벗어난 아서베닝은 서둘러 단거리 순간 이동 마법을 사용했다.

탓-

"히익!"

갑작스레 나타난 아서베닝을 보고는 크마시온이 화들짝 놀라 했다.

"하여튼 호들갑은."

"크, 크흠! 가, 갑자기 나타나셨잖아요."

아서베닝이 눈치를 주자 크마시온이 딴청을 피웠다.

"쯧쯧."

고개를 흔든 아서베닝이 카소돈을 보며 말했다.

"동굴 안에 트리움의 흔적이 활성화되고 있어요."

"그게 정말인가요? 그냥 새어 나온 기운이 아니고요?"

"네. 활성화된 거예요. 놈의 기운이 온전히 살아난 것처럼요. 저도 느꼈고, 한니발 형도 동의한 거예요."

고개를 끄덕인 카소돈이 심각한 얼굴로 빠르게 생각을 정리했다. 그러고는 말했다.

"아무래도 크리스탄이 저 동굴 안에서 뭔가 일을 꾸미는 게 분명하군요."

"그래서 제가 나온 거예요. 서둘러 동굴로 가서 트리움의 흔적이 사라지기 전에 크마시온의 몸에 가둬 버리죠."

모두가 생각하고 있던 일이다. 그리고 마음속으로 준비해 왔던 일이기도 하고 말이다.

하지만 막상 그런 순간이 눈앞으로 다가오자 살짝 긴장이 되는 건 어쩔 수 없는 일이었다.

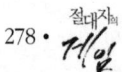

자칫 실수했다가는 정말로 크마시온을 잃을 수 있으니 말이다.

아서베닝이 말했다.

"걱정하지 마. 나도 노력할 테니까."

"저, 정말이세요?"

"그래, 인마."

((흐어어! 나 또한 네 옆에 있다는 걸 잊지 마라, 크마시온.))

"고, 고맙다, 킹 새나."

서로가 눈빛을 주고받았다.

그러고는,

"이제 가 볼까?"

아서베닝이 막 앞장을 서려 할 때였다.

크등-

주변이 크게 흔들렸다.

"무슨?"

아서베닝은 물론 다른 일행들도 놀란 눈으로 동굴 쪽을 바라보았다.

까드드등-

거대한 진동이 한차례 퍼져 나갔다.

지진이라도 일어난 듯.

그리고 매우 짧은 순간이었다.

쿠드드등-

크르르릉-

산의 위쪽이 무너지는가 싶더니, 이내 커다란 바위들이 마구 쏟아져 내려서는 동굴의 입구를 막아 버렸다.

"이런!"

아서베닝은 분에 찬 얼굴이었다.

'어쩐지! 아까부터 불안하다 했더니!'

그래서 서둘렀던 건데, 결국 이런 사태가 발생하고 말았다.

'이 망할 놈들!'

후우우욱-

아서베닝은 마나를 끌어 올렸다.

그러고는,

크아아아!

이내 여린 소년의 모습이 점점 커지더니,

쿠후우웅-

거대한 드래곤의 모습으로 변했다.

스슥-

이민준은 주변 기운이 미묘하게 바뀌는 걸 눈치챘다.

매우 작은 움직임이었다.

하지만 그걸 눈치 못 챌 이민준이 아니었다.

'이런!'

누군가 오고 있다.

후우욱-

이민준은 서둘러 주신의 기운을 불러일으켰다.

상대는 아주 빠른 속도로 다가오고 있었다.

그리고 그런 상대의 움직임 때문에 주변 기운이 바뀌고 있다는 걸 어렵지 않게 느낄 수 있었다.

그렇다는 건 상대도 자신의 존재를 확실하게 꿰뚫고 있다는 것이리라.

이민준은 더 이상 잠입 상태를 유지하는 게 의미가 없음을 깨달았다.

타각- 챙!

블랙 스톰과 블랙 스노우를 꺼내어 재빨리 무장했다.

후우욱-

그러고는 절대자의 자격으로 전신을 보호했다.

바로 그 직후였다.

차르륵-

앞쪽의 어둠이 뭉치는가 싶더니, 이내 검은색 로브를 입은 사내가 모습을 드러냈다.

'오도스?'

앞에 있는 사내의 머리에 달린 이름이었다.

그리고 사내의 이름은 검은색.

유저라는 뜻이었다.

"역시. 할루스의 전사라고 불릴 만하군."

적당히 거리를 벌린 오도스가 여유로운 표정으로 한 말이었다.

화으윽-

강력한 기운이었다.

오도스로부터 퍼져 나온 기운이 주변을 무겁게 누르며 팽팽한 긴장감을 만들었다.

'보통 놈이 아니구나!'

이민준은 놈의 시커먼 마기에서 익숙함을 느꼈다.

'메신저?'

그래. 이건 분명 메신저로부터 느꼈던 바로 그 마기였다.

이민준은 조심스럽게 자세를 잡으며 말했다.

"뭐지? 네놈 또한 마기를 사용하는 존재인가?"

"후후후! 그대가 빠르게 알아보리라는 건 이미 알고 있었지."

오도스는 여유로운 자세를 취하고 있었다.

하지만 그건 겉으로 보여 주는 모습일 뿐, 지금 두 사람 사이에는 팽팽한 긴장감이 자리하고 있었다.

누구 하나의 작은 움직임만으로도 팽팽한 균형이 깨질 것만 같은 그런 강력한 긴장감!

잠시 서로를 노려보고 있을 때였다.

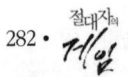

쿠궁- 크그궁-

동굴이 커다랗게 흔들렸다.

카구구구궁-

이민준은 돌아보지 않아도 입구 쪽이 무너지고 있음을 알 수 있었다.

'이 자식이!'

놈이다. 오도스라는 놈이 이 모든 걸 움직이고 있는 게 분명했다.

으득-

이민준은 어금니를 꽉 깨물며 오도스를 노려보았다.

제10장

피의 제사

오도스를 향해 달려 나가려던 찰나였다.

크드등-

순간 공간이 크게 흔들리는가 싶더니 이내 주변이 어지럽게 돌았다.

'공격이냐?'

후우욱-

이민준은 절대자의 자격으로 몸을 보호하며 오도스의 공격에 대비했다.

하지만 오도스는 공격하지 않았다.

대신,

후웅-

마치 빠르게 도는 회전목마를 탄 것처럼 강한 원심력이 느껴졌다.

'동굴 전체를 움직이겠다는 거냐?'

자각-

이민준은 하체에 힘을 주어 중심을 잡았다.

짧은 순간이었다.

털컹-

그러는 사이 움직임이 멈추었다.

감각을 곤두세운 이민준은 빠르게 상황부터 판단했다.

모든 것이 순식간에 일어난 일이었다.

'이 자식이 대체 무슨 짓을 하는 거지?'

이민준은 경계를 늦추지 않은 채로 주변을 둘러보았다.

주변 환경이 바뀌어 있었다.

엄청나게 큰 공간이었다.

이 정도라면 잠실 주 경기장 정도의 넓이는 족히 넘을 것 같은 장소였다.

'이런.'

입술을 잘게 씹었다.

조금 전까지만 해도 좁은 동굴 안에 있었다. 그런데 순식간에 이런 장소로 옮겨 왔다고?

후우욱-

이민준은 절대자의 자격을 이용해 혹시 자신이 환각 마법

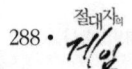

에 빠진 건 아닌지부터 점검했다.

확인하는 데는 그리 오랜 시간이 필요치 않았다.

'아니야. 이건 실제야.'

절대자의 자격이 분명하게 증명을 해 준 거다.

또한 그렇다는 건 동굴 전체가 움직였다는 소리일 거다.

이민준은 방어 자세를 더욱 굳건히 하며 혹시 모를 적의 공격에 대비했다.

'함정이라도 파 놓은 거냐?'

동굴 안에 장치된 거대한 기계가 움직인 거라면 누구도 이 상황을 쉽게 피할 수는 없을 터였다.

하지만 아무리 그렇다고 해도 놈에게 당했다는 생각이 들자 가슴속에서 분노가 차올랐다.

으득-

어금니를 꽉 깨문 이민준은 서둘러 오도스부터 찾았다.

'감히 나를 속이려고 했다, 이거지?'

그렇다면 그 죗값을 톡톡히 치르게 해 줘야 옳은 거다.

'대체 어디 있는 거지?'

그러나 드넓은 공간을 아무리 둘러보아도 놈의 모습은 보이지 않았다.

그렇다고 방법이 없을까?

후욱- 후욱-

이민준은 주신의 상처를 이용했다.

오도스가 어딘가에 숨어 있는 거라면 주신의 상처를 이용해 놈의 기운을 찾을 수 있을 것이다.

놈은 강한 마기를 사용하고 있으니까!

'어디냐?'

조심스럽게 주변의 움직임을 감지하고 있을 때였다.

사그락- 사그락-

바닥에서 무언가 움직이는 소리가 들렸다.

셩-

이민준은 블랙 스노우를 가볍게 돌려 손목의 긴장을 풀면서 자신을 노릴 적의 공격에 대비했다.

그때였다.

절컥-

대략 50미터 정도 떨어진 거리였다.

좌르르륵-

바닥이 활짝 열리며 석유가 터져 나오듯 시커먼 것들이 솟아나왔다.

자그르륵- 자그르륵-

그 숫자가 어찌나 많았던지 팔과 다리를 가진 것들이 서로 부딪쳐 대며 공간을 채우기 시작했다.

카르르륵-

날카로운 집게 팔을 가진 몬스터들이었다.

다크 크랩.

놈들의 머리 위에 달린 이름이었다. 그리고 놈들의 이름은 하나같이 새빨간 색이기도 했다.

그렇다는 건?

'레벨이 202를 훌쩍 넘는 놈들이라, 이거지?'

그래서 뭐?

어차피 부딪쳐야 할 적이라면 굳이 처음부터 겁을 먹을 필요는 없었다.

아니! 겁은 무슨!

너는 오늘 상대를 잘못 정한 거다.

나는 오늘 해야 할 일이 많은 사람이니까!

이민준은 적이 움직이기까지를 기다리지 않았다.

타닷-

"흐압!"

망설임 없이 바닥을 박찬 이민준은 가장 가까이에 있는 다크 크랩부터 노렸다.

크르르-

아서베닝은 주변을 둘러보았다.

까드득- 까드득-

바닥에서 치솟은 징그러운 마물들이 주변을 가득 메우고 말았다.

드래곤으로 변한 아서베닝은 날카로운 이빨을 드러내며

마물들을 뚫어져라 노려봤다.

'이 죽일 것들이!'

서둘러 동굴을 무너트린 돌을 치우고 한니발을 구하러 가려던 찰나였다.

갑자기 들판 여기저기가 움직인다 싶더니, 이내 흉측한 마물들이 모습을 드러낸 거다.

'이건 동굴에서 느꼈던 마기와는 완전히 다른 마긴데?'

아서베닝은 마물들에게서 풍기는 마기를 확실하게 느낄 수 있었다.

이놈들을 소환한 게 누군지는 모르지만, 이런 스킬을 사용할 수 있다는 건 상당히 높은 레벨의 소유자라는 것도 알 수 있었다.

그것도 210레벨인 자신보다 훨씬 높은 레벨!

그렇게 생각하자 순간 심장이 덜컥했다.

'형이 위험해!'

크르르-

아서베닝은 망설임 없이 일행들에게 마법으로 언어를 전달했다.

《킹 새나는 나와 함께! 크마시온은 카소돈 님을 보호하며 원거리 공격으로 지원해. 집중하자! 이놈들을 빨리 끝내지 못하면 한니발 형이 위험해!》

((흐어어! 분부대로!))

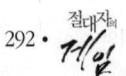

"명령에 따르겠습니다! 베닝 님!"

킹 섀도우 나이트와 크마시온도 한니발에 대한 걱정이 매우 컸던지 녀석들의 각오가 대단했다.

카아아아-!

명령을 끝낸 아서베닝은 망설임 없이 입을 크게 벌려 전방을 가득 메운 마물들을 향해 강력한 드래곤 브레스를 발사했다.

타닥- 타다닥-

"음?"

앨리스는 문밖에서 소란이 일고 있음을 깨달았다.

'뭐지?'

느낌이 좋지 않았다.

드륵-

자리에서 일어난 앨리스는 루나와 에리네스를 번갈아 보며 말했다.

"아무래도 바깥쪽 움직임이 수상해요. 성내의 병사들이 움직이고 있는 거 같아요."

그러자 에리네스가 고개를 끄덕이며 말했다.

"아까부터 느껴지는 적대적인 기운이 그것 때문이었나 보군요."

비록 힐러인 에리네스였지만 그녀는 지금 이 방에 있는

누구보다도 높은 레벨을 가진 사람이었다.
그녀의 기감이 예민한 건 당연한 거였다.
앨리스가 말했다.
"우선은 문 쪽을 막아 두는 게 좋겠어요."
"그래요."
드르륵-
앨리스는 빠르게 움직이며 소파와 가구 등을 문 쪽으로 밀었다.
"으차차!"
물론 에리네스와 루나도 서둘러 동참을 했다.
움직일 수 있는 가구를 모두 문 쪽에 밀어 둔 후였다.
챙-
앨리스가 검을 뽑으며 말했다.
"상황이 우리에게 불리하게 돌아갈 것 같군요."
"만약 한니발 님이 붙잡힌 게 아니라면 우리를 인질로 잡아 이용하려는 거겠죠?"
"이런 망할 자식들!"
에리네스의 말에 화가 난 듯 루나가 양손에 유리병을 꺼내 들며 말을 이었다.
"절대 한니발 오빠에게 짐이 될 수는 없어요! 만약 놈들이 우리를 인질로 삼아서 한니발 오빠를 협박하려 한다면 가만두지 않겠어요!"

루나가 이글거리는 눈빛으로 강력한 의지를 전달했다.

고개를 끄덕여 준 앨리스는 빠르게 생각을 정리했다.

성으로 들어오면서 크리스탄 성의 군사 시설과 병력 수준을 빠르게 눈에 익혔었다.

그 덕분에 아는 거다.

현재 성내에 주둔하고 있는 기사의 숫자가 적어도 50명 이상일 거라는 걸.

더군다나,

'크리스탄 백작의 영향력이라면?'

기사들의 레벨이 자신과 비슷하거나 높은 자들이 대부분일 거다.

이길 수 있을까?

차락-

앨리스는 왼팔에 방패를 착용하며 옆에 선 에리네스를 돌아봤다.

'그래. 에리네스가 돕는다면 가능성은 있어.'

에리네스는 무려 195레벨의 힐러다.

고레벨의 힐러가 함께한다는 것이 전투에서 얼마나 유리한 점인지를 그녀는 누구보다 잘 알고 있었다.

앨리스는 말했다.

"적들의 숫자가 만만치 않을 거예요. 그리고 레벨도 꽤 높을 거고요. 쉽지 않은 싸움이 될 겁니다."

"전투는 두렵지 않아요. 앨리스가 최선을 다해 준다면 저도 모든 역량을 동원해서 그대를 돕도록 하겠어요."

"저도 무섭지 않아요! 적이 아무리 많아도 말이죠. 근데 정말 레벨도 높은 걸까요?"

"맞아요, 루나 양."

답을 들었지만 그래도 루나는 살짝 불안한 표정이었다.

그때였다.

쾅쾅쾅-

"문을 열어라! 순순하게 체포에 응한다면 유혈 사태는 일어나지 않을 것이다!"

일행들이 서로를 돌아보았다. 절대 물러서지 말고 싸우자는 눈빛이었다.

"너희는 도망갈 수 없다! 이미 이 주변에는 순간 이동 금지 마법이 작동 중이다! 포기해라!"

쾅쾅-

"문을 열란 말이야!"

바깥쪽 분위기가 점점 더 흉악하게 변하고 있었다.

그러는 사이,

"맞다!"

루나가 막 뭔가를 생각해 냈다는 듯 소리쳤다.

"무슨 일인데 그래? 루나야?"

"이거요!"

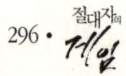

에리네스의 물음에 루나가 파란색 유리병을 꺼내 들었다.
"그게 뭔데?"
"이게 말이죠."
루나는 설명 대신 바닥에 유리병을 집어 던졌다.
그러자,
퍼엉-
파란 연기와 함께 카누처럼 생긴 물체가 나타났다.
"이게 뭐죠?"
앨리스가 묻자 루나가 서둘러 대답했다.
"여유가 있을 때 크마시온하고 같이 놀려고 만든 거예요."
"그걸 왜?"
"지금 꼭 필요할 거 같아서요."
"설명해 봐."
"이거 단거리 로켓이에요. 적어도 성 밖까지 우리를 날려줄 수 있는 장치죠."
"아, 안전하긴 한 거야?"
"호호호! 조금 아프고 멀미가 날 수는 있겠지만 죽지는 않을 거예요."
"그래?"
재미로 만든 도구를 이렇게 사용하게 될 줄이야!
서로의 눈빛이 공중에서 부딪쳤다.

일행을 성 밖으로 날려 줄 유일한 장치가 눈앞에 있는 거다. 그렇다면 망설일 이유가 뭐가 있을까?

"안 되겠다! 부숴!"

바깥쪽에서 내부 진입을 결정한 거 같았다.

루나가 소리쳤다.

"어서 타세요! 2인승이라 내부가 좁긴 하지만, 언니들은 말랐으니까 괜찮을 거예요."

끄덕-

결심한 일행들이 서둘러 로켓에 마련된 좌석에 앉았다. 전투기의 조종석처럼 로켓의 중간에 마련된 자리였다.

콰직- 콰드등-

"어서 부숴! 안에 있는 것들을 모두 잡아들여!"

이미 나무문이 반쯤 부서지며 적들의 목소리가 생생하게 들렸다.

"루나! 뭐해!"

루나를 뒤에서 껴안듯 자리에 앉은 에리네스가 찢어지는 듯한 목소리로 소리를 쳤고,

"네네. 지금 갑니다! 꽉 잡으세요!"

루나가 서둘러 장치의 레버를 잡아당겼다.

그러자,

쉬이이이-

로켓의 뒤쪽에서 뭔가가 타오르는 듯하더니 이내,

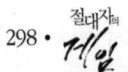

콰으응-

커다란 폭발음과 함께 일행들의 몸이 뒤로 바짝 당겨졌다.

"크으! 쿨럭!"

탈리아는 공중에 매달린 채로 주변을 둘러보았다.

"끄으!"

"으으윽!"

마법 때문인지 공중에 뜬 채로 만세 자세를 취한 사람들이 하나같이 신음을 내뱉고 있었다.

멍한 기분이 들었다.

기사에게 잡히고 나서 또다시 정신을 잃었었으니까.

'그런데 대체 여기는 어디지?'

탈리아는 불안한 눈으로 바닥을 보았다.

"헙!"

그건 마치 불꽃처럼 이글거리는 시커먼 기운이었다.

'대, 대체 이게 어떻게 된 거지?'

커다란 원을 그리고 있는 바닥에는 어려운 문양들이 잔뜩 새겨져 있었다. 그리고 그 위를 마치 커다란 뱀처럼 헤엄을 치는 시커먼 기운과 불꽃처럼 이글거리는 시커먼 기운이 잔뜩 자리하고 있었다.

마법이나 마기에 대해서는 전혀 알 수 없는 탈리아였다.

하지만 그럼에도 탈리아는 저 이상한 기운들이 자신과 주변 사람들을 노리고 있음을 직감했다.

저것들이 원하는 건 인간의 생명력!

강한 사념에 몸을 부르르 떤 탈리아는 어떻게든 이곳을 벗어나기 위해 움찔거려 보았다.

하지만 몸은 조금도 움직이지 않았다.

그때였다.

"지금부터! 성스러운 피의 제사를 시작하도록 합시다!"

이건 크리스탄 영주의 목소리였다.

탈리아는 서둘러 목소리가 들린 곳을 바라보았다. 멀지 않은 곳에 차려진 제단이었다.

크리스탄이 양손을 하늘로 올리며 소리쳤다.

"마신 트리움이여! 당신을 위해 여기 500명의 제물을 준비했나이다! 이들의 생명력을 취하시어 잃어버린 그대의 마기를 다시 회복하시길 비나이다!"

'무, 무슨?'

탈리아는 섬뜩한 기운을 느꼈다.

'아, 아래쪽인가?'

차르르륵―

고개를 내린 탈리아는 시커먼 기운이 살아 움직이며 사람들을 향해 올라오고 있음을 깨달았다.

'아아!'

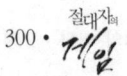

영락없는 죽음이었다.
끔찍한 공포가 전신을 휘감고 있었다.

차캉! 터컥-
블랙 스노우가 공간을 가르자 다크 크랩이 두 동강이 나며 바닥을 나뒹굴었다.
"후우!"
이민준은 짧게 숨을 내뱉었다.
마지막 놈을 벤 거다.
주변을 둘러보았다.
츠츠츠-
순식간에 해치운 다크 크랩이 서서히 회색으로 변하며 사라지고 있었다.
"뭐냐? 시간이라도 끌겠다는 거냐?"
이민준은 허공을 향해 소리쳤다.
그렇지 않고서야 이런 몬스터들을 끄집어낸다는 건 의미 없는 일일 테니 말이다.
'절대자의 자격을 우습게 보지 말라고!'
아직 미친 일곱 왕의 기운은 사용조차 하지 않은 상태다. 그럼에도 다크 크랩 정도는 순식간에 해치우지 않았던가?
"네놈이 나타나지 않는다면 내가 이곳 공간을 부수고 나가 주마!"

화르륵-

이민준은 블랙 스노우에 절대자의 기운을 주입하며 앞으로 걸었다.

그때였다.

차우우욱-

마치 폭포수가 쏟아지듯 공중에서 검은 마기가 쏟아지기 시작했다.

'이제야 본모습을 드러내겠다?'

꽈득-

블랙 스노우를 강하게 쥔 이민준은 쏟아지는 마기에 대비했다.

마기가 떨어지고 있는 곳은 한곳만이 아니었다.

차아아아-

천장에 구멍이라도 난 것처럼 여러 방향에서 시커먼 기운이 폭포처럼 쏟아졌다.

'마기 안에 나를 가두겠다는 생각이냐?'

어림도 없는 소리였다.

후우우욱-

이민준은 절대자의 자격을 최대로 끌어 올렸다.

마기에게 침범당하지 않을 자신만의 공간이 필요했기 때문이다.

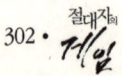

여차하면 미친 일곱 왕의 기운까지도 사용할 준비가 되어 있었다.

차르르륵-

그러는 사이에도 마기는 계속해서 주변을 메우고 있었다.

마치 수족관에 물을 채우듯 거대한 공간 전체가 마기로 가득 차고 만 것이다.

숨이 막힐 것만 같은 강력한 사념!

이민준을 중심으로 둥그렇게 주변을 둘러싼 마기는 굶주린 독사처럼 혀를 날름대고 있었다.

'어디서 감히!'

이민준은 무서운 눈으로 마기를 노려보았다.

강력한 압력이 느껴질 만큼 그 존재감을 가감 없이 드러내고 있는 마기다.

'오도스라고 그랬지?'

처음 마주칠 때부터 보통 놈이 아니라는 건 알고 있었다.

그자에게서 느껴지는 기운은 다른 어떤 적들보다 막강했으니까.

그렇다고 주춤거리며 놈의 마기 안에 갇혀 있으라고?

'흥! 이딴 잡기로 날 잡아 둘 수는 없을 거다!'

화으윽-

이민준은 블랙 스노우에 절대자의 자격을 주입했다.

그러자,

쉬이이잇-

하얀 눈보라가 검신을 감싸는가 싶더니, 이내 시리도록 차가운 검기가 일렁였다.

까우우욱-

마기 또한 그런 검기의 섬뜩함을 느꼈던지 일렁이는 검기의 모양대로 뒤로 물러서고 있었다.

'뚫고 나간다!'

결심을 굳힌 이민준은 바닥을 박차려 했다.

그때였다.

(한니발! 우리 서로 소모적인 싸움을 할 필요는 없지 않은가?)

오도스의 목소리가 마기를 통해 전달되었다.

소모적인 싸움?

기가 차는 소리였다.

이민준은 목소리가 들린 쪽을 노려보며 말했다.

"무슨 헛소리야? 싸움을 먼저 건 게 누군데 그딴 소리를 하는 거지?"

(내가 원한 건 단지 그대가 진정하길 바라는 거였다. 어째서 이렇게 분노하며 우리를 적대시하는가?)

이게 지금 장난하고 있나?

사람을 애먼 장소로 끌고 와서는 다크 크랩 수백 마리와 싸우게 하는 게 진정을 시키는 거냐?

"그쪽은 위협과 진정을 구분할 줄 모르나 본데, 내가 봤을 때 이건 명백한 위협이다."

(나는 그대가 다크 크랩 정도는 손쉽게 잡아낼 거라는 걸 알고 있었다. 그대가 꾸준히 성장해 왔던 것처럼 말이다.)

"무슨 헛소리야? 당신들이 뭘 안다는 건데?"

(위원회는 지금까지 그대의 성장에 지대한 공헌을 했다고 생각한다. 우리가 마음먹으면 앞으로도 빠르게 성장을 시킬 수도 있지. 그대 또한 그걸 모르지는 않을 텐데?)

피식-

이민준은 그만 웃음을 터트리고 말았다.

위원회가 자신의 성장에 공헌을 했다고?

길버트, 아키쿠바, 그리고 아야스로드 같은 놈들을 말하는 건가?

이 양반이 지금 예능을 하자고 그러는 건 아닌지 의심이 들 정도였다.

위원회의 소속이었다는 그놈들은 그저 자신들의 이익을 위해 악한 짓을 일삼았던 놈들이었다.

그리고 어쩌다 보니 이민준과 동선이 겹친 것뿐이고.

그런데 그런 놈들이 한 행동이 이민준이 성장할 수 있도록 공헌을 한 거라고?

지나가던 개가 썩소를 날릴 일이었다.

"상대할 가치도 없는 말!"

출렁-

이민준의 감정 변화에 마기 전체가 흔들렸다.

오도스가 반응을 보이고 있다는 뜻이리라.

단숨에 마기를 뚫고 나가려던 참이었다.

(기, 기다리게! 한니발!)

다급한 목소리로 소리친 오도스가 계속해서 말을 이었다.

(그대와 우리의 목적은 결국 같은 것이다. 게임으로부터의 해방! 그렇지 않은가?)

그건 그렇지.

이민준은 주춤할 수밖에 없었다.

모든 유저가 안전하게 이 게임을 벗어나는 것.

지금까지 그 한 가지 목적 때문에 힘들게 싸워 온 것이 아니었던가?

마음을 진정시킨 이민준은 무표정한 얼굴로 물었다.

"그래서? 네놈들이 그 방법을 알고 있다는 건가?"

(물론이다, 한니발. 메신저가 부탁하지 않았던가? 북부의 드라이코 신전으로 와 달라고 말일세.)

메신저에게서 그런 말을 들었던 기억이 있었다.

당시 메신저는 분명 이민준이 원하는 바를 이루려면 위원회의 도움이 필요할 거라고 말했었으니까.

"그래. 그런 말을 듣긴 했었지. 하지만 나는 그다지 그대들의 도움이 필요하지 않은걸?"

(뭔가를 잘못 알고 있는 것 같군. 그대가 가진 절대자의 자격이 10단계가 되고, 영혼력을 100퍼센트 채운다고 해도 모두가 이곳에서 해방되는 건 아니지 않은가?)

그게 그렇게 되는 건가?

곰곰이 생각해 보니 오도스의 말이 맞았다.

이민준은 고개를 끄덕였다.

"생명의 정수가 필요하다는 건 알고 있지."

(그렇다네. 유저 하나를 구하기 위해서는 생명의 정수 한 개가 필요하지. 그런데 그대는 생명의 정수를 몇 개나 가지고 있는가?)

굳이 말해 주고 싶지는 않았다.

하지만 오도스는 이미 알고 있다는 듯 여유로운 목소리로 말했다.

(현재 게임 안에 남아 있는 유저는 9천 명이 넘는다네. 이들을 모두 구하겠다고? 그렇다고 치지. 그렇다면 그 숫자만큼이나 되는 생명의 정수를 어떻게 얻을 거지?)

이놈이 핵심을 찌르네?

어려운 퀘스트를 성공해서 생명의 정수 하나를 얻었었다.

퀘스트를 통해서 생명의 정수를 얻을 수 있다는 소리다.

하지만 문제가 있었다.

그리고 그 문제라는 건 어떤 퀘스트가 생명의 정수를 줄지 모른다는 거다.

그렇다는 건 오도스의 말처럼 9천 개가 넘는 생명의 정수를 얻는 게 쉬운 일은 아니라는 소리였다.

이민준은 물었다.

"당신들은 생명의 정수를 충분히 가지고 있다는 말인가?"

(우리는 생명의 정수를 뽑는 방법을 알고 있다네. 그리고 지금 이 순간에도 그런 일을 진행하고 있고 말이야.)

이민준은 고개를 흔들며 물었다.

"당신들이 9천 개가 넘는 생명의 정수를 만들 수 있다는 거야?"

(지금 당장 그 숫자를 채우는 건 어려워. 하지만 그대가 도와준다면 충분히 가능할 걸세. 어떤가, 한니발? 우리와 손을 잡고 함께 유저들을 해방하지 않겠는가?)

솔직히 마음이 흔들렸다.

상대가 최종 목적을 향해 쉽게 다가가는 길을 제시해 준 거니까.

하지만 마음에 걸리는 것도 있었다.

대체 이들은 어떤 방식으로 생명의 정수를 만들어 내는 걸까?

마기를 사용하는 자들이 정상적인 방법을 사용한다고 믿긴 어려운 일이니 말이다.

그걸 알지 못하는 한 이들과 손을 잡을 수는 없는 노릇이었다.

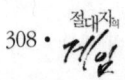

'그렇다고 알아낼 방법이 없는 건 아니지!'

이민준은 검을 쥐고 있는 오른손에 집중했다.

그러자,

후욱- 후욱-

주신의 상처가 뜨겁게 달궈지기 시작했다.

'할루스! 당신의 능력을 발휘해 주세요. 대체 이곳에서 어떤 일이 벌어지고 있는 겁니까?'

그렇게 생각하는 순간,

화윽-

머릿속에 여러 가지 장면이 빠르게 스치고 지나갔다.

상당히 짧은 순간이었다.

하지만 이민준은 그 짧은 순간이 마치 한 시간처럼 길게 느껴졌다.

후욱- 후욱-

처음 나타난 장면은 마기 광산이 있었던 크루어스 마을에서 목격했던 것들이었다.

아야스로드 저택의 지하에서 보았던 모습들.

'바싹 마른 시체들이 벽에 잔뜩 박혀 있었지.'

그곳에서 봤던 끔찍한 장면들이 마구 머릿속을 스치고 지나갔다.

'이게 생명의 정수와 연관이 있다는 건가?'

그렇게 생각하는 사이 장면이 바뀌었다.

차르르륵-

시커먼 마기가 일렁이고 있는 거대한 마법진이었다.

이민준은 영상 속 장면을 빠르게 훑어보았다.

마법진을 중심으로 수백 명의 사람들이 공중에 매달려 있었다.

'뭐, 뭐야?'

놀랍게도 마법진으로부터 트리움의 기운이 느껴졌다.

그렇다는 건?

'지금 일어나고 있는 일인 거야?'

이민준의 시선에 눈에 익은 사람이 들어왔다. 그리고 그건 다름 아닌 들판에서 보았던 소녀였다.

소녀의 이름은 탈리아.

그녀는 누군가에게 흠씬 얻어터졌는지 엉망인 모습이었다.

하지만 무엇보다 시선에 들어오는 건 탈리아의 눈이었다.

탈리아는 공포가 가득한 눈으로 부들부들 떨고 있었다.

소녀의 심정이 가슴 깊이 전해졌다.

고통과 절망, 그리고 슬픔.

'이럴 수가!'

끔찍한 고통을 겪고 있는 사람들이다.

마기에 의해 서서히 생명력이 빠지며 괴롭게 죽어 가는 사람들.

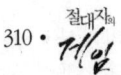

저들은 단지 선량한 농민들일 뿐이었다.

그런데 어째서 이런 일을 당하는 거지?

이민준은 제단 쪽으로 시선을 돌렸다.

크리스탄!

영지의 영주이자 지금 벌어지고 있는 끔찍한 일의 원흉이다.

후욱- 후욱-

오른손이 미친 듯이 달아올랐다.

이민준은 그제야 이곳에서 돌아가는 일을 확실하게 이해할 수 있었다.

이게 생명의 정수를 만드는 과정이라고?

죄 없는 농민들을 붙잡아 이런 식으로 생기를 뽑아다가 마기와 결합을 시킨다는 말인 거냐?

아득-

저도 모르게 이가 갈렸다.

이민준은 아야스로드 저택의 지하 벽을 장식하고 있던 바싹 마른 시체들을 떠올렸다.

그들 또한 이런 끔찍한 의식으로 희생된 사람들이란 소리다.

위원회가 지껄인 생명의 정수를 만드는 방법으로 말이다.

'망할 자식들!'

후욱-

강한 분노와 함께 눈앞에 있던 영상이 사라졌다.

파득-

이민준은 블랙 스노우를 강하게 쥐며 말했다.

"이거 봐, 위원회."

(나는 위원회의 의원인 오도스다.)

"좋아. 오도스 의원, 두 번 말하지 않겠다. 지금 당장 이곳에서 벌어지고 있는 그 끔찍한 일을 멈추지 그래?"

(피의 제사를 멈추란 말인가?)

"그래."

(실망이군, 한니발. 고작 NPC 때문에 생명의 정수를 포기한다니 말이야.)

고작 NPC?

후욱- 후욱-

오른손이 찢어질 것처럼 달아올랐다. 그만큼 강한 분노가 치고 올라왔기 때문이다.

(한니발, 이성적으로 생각해. 너는 절대로 멸망을 막지 못해. 그렇다면 이 방법만이 우리가 현실로 나갈 유일한 기회인 거야.)

이민준은 무섭게 마기를 노려보며 말했다.

"내가 멸망을 막지 못한다는 게 무슨 소리지?"

그러자 오도스가 말했다.

(우리는 네가 이렇게 성장할 줄 몰랐다. 우리의 통제를 벗

어날 만큼 너무 잘 성장해 버렸어. 그렇다면 우리로서도 마지막 방법을 사용할 수밖에 없는 거지.)

"다른 소리를 하는군. 다시 묻겠다. 멸망을 막지 못한다는 게 무슨 소리지?"

이민준에게서 풍기는 기운이 완전히 달라졌다. 그러자 움찔한 오도스가 말했다.

(네가 우리에게 협조하지 않는다면 우리 또한 네가 멸망을 막을 수 없게 하겠다.)

미친놈! 자폭하겠다는 말이냐?

마음속에 쌓인 분노가 극으로 치달았다.

그렇다면 흥분이 되어야 맞는데 우습게도 모든 감정이 차분하게 가라앉았다.

이민준은 정면을 바라보며 말했다.

"네놈들의 이득을 위해서라면 더러운 짓도 서슴지 않겠다는 소리냐?"

후으윽-

주변의 모든 에너지가 이민준을 중심으로 모이고 있었다.

그러고는,

쿠우-

순간 소리를 끈 것처럼 모든 것이 고요해졌다.

꿈틀-

공간을 차지한 마기가 크게 몸을 떨었다.

피의 제사 • 313

그러고는,
(하, 한니발! 설마?)

콰직-
아서베닝은 자신을 향해 날아오는 마물을 크게 한입 베어 물어 작살을 냈다.
퀴유- 콰과광-
주변으로 소환한 여러 가지 마법 장치가 마물들을 공격하고 있었다.
그럼에도,
크에에에-
카르르륵-
마물들은 끈질기게 날아오면서 아서베닝을 괴롭혔다.
'제길!'
레벨도 높은 놈들이 그 숫자는 또 어찌나 많은지!
물론 이런 마물들이 아서베닝에게 타격을 줄 수는 없었다.
지상 최고의 생명체인 드래곤의 생명력을 깎을 만큼 대단한 놈들은 아니었으니까.
하지만 문제라면 놈들의 숫자가 끔찍하게 많았다는 것이다. 마법을 있는 대로 퍼부어도 계속해서 살아 나오니 말이다.
놈들은 마치 땅에 떨어진 케이크에 잔뜩 몰린 개미들처럼 끝도 없이 나타나고 있었다.

"베, 베닝 님! 놈들의 숫자가 더욱 불어나고 있습니다!"

뒤에서 원거리 마법으로 지원하고 있던 크마시온이 다급한 목소리로 소리쳤다.

'알고 있다고!'

콰아아아-

아서베닝은 자신이 사용할 수 있는 최대 숫자의 마법을 한 번에 소환했다.

((흐어어!))

촤좌쫭-

그와 더불어 킹 섀도우 나이트의 뒤를 보호해 주기도 해야 했다.

정신이 없는 수준이었다.

그런데 여기에 마물들이 더 늘어나고 있다고?

크르르-

아서베닝은 빠르게 생각을 정리했다.

처음 느껴졌던 마기는 분명 다이케로스의 그것이었다.

그런데 또 다른 마기가 강하게 느껴지더니, 이내 트리움의 마기마저 주변에서 일렁이고 있었다.

'이놈들이 산 안에서 무슨 짓을 벌이고 있는 거지?'

불길한 느낌이 주변을 감쌌다.

이 정도라면 산 안에서 엄청난 의식이 진행되고 있다고 봐도 무방할 것이다.

-형!

아무리 텔레파시를 보내 봐도 산 안으로 닿지 않았다.

흐르르-

이렇게 답답하게 시간을 끌 수는 없는 노릇이었다.

아서베닝은 모두에게 소리쳤다.

《어떻게든 뚫고 들어가야 한다! 상황이 좋지 않게 변하고 있어!》

"각오하고 있습니다!"

((흐어어! 목숨을 걸고라도!))

그때였다.

수우우욱-

순간 주변의 모든 기운이 한쪽으로 쏠리는 기분이었다.

아서베닝은 놀란 눈으로 산 쪽을 바라봤다.

'이건?'

뭔가 엄청난 일이 벌어질 것만 같은 느낌이었다.

아니나 다를까.

콰앙-

산 쪽에서 거대한 폭발이 일어났다.

14권에 계속

www.mayabook.co.kr

www.mayabook.co.kr